U0934701

季羡林谈和谐

◎季羡林／著

党建读物出版社

图书在版编目（CIP）数据

季羡林谈和谐 / 季羡林著 . — 北京 ：党建读物出版社，2020.9
ISBN 978-7-5099-1292-8

Ⅰ. ①季… Ⅱ. ①季… Ⅲ. ①散文集—中国—当代 Ⅳ. ① I267

中国版本图书馆 CIP 数据核字（2020）第 012987 号

季羡林谈和谐
JI XIANLIN TAN HEXIE
季羡林　著

责任编辑：张晓辉
责任校对：张学民
装帧设计：缪惟 + 缪朗
出版发行：党建读物出版社
地　　址：北京市西城区西长安街 80 号东楼（邮编：100815）
网　　址：http://www.djcb71.com
电　　话：010-58589989/9947
经　　销：新华书店
印　　刷：北京中科印刷有限公司
2020 年 9 月第 1 版　2020 年 9 月第 1 次印刷
880 毫米 ×1230 毫米　32 开本　7.125 印张　131 千字
ISBN 978-7-5099-1292-8　定价：22.00 元

出版说明

季羡林（1911—2009）是我国著名语言学家、翻译家、作家，许多出版社都曾以不同形式出版过季羡林著作。为提高广大党员干部文化修养，帮助广大读者了解学习文化名家的爱国情怀、人生感悟、处世之道、为学之法，我们编选了这套书，分专题选取季羡林关于爱国、文化、和谐、人生、做人、学习、国学、自身等方面的有关文章结集出版。在选编和编辑过程中，保持了作品原貌，仅在个别地方作了文字订正；有的篇目进行了节选；有的题目为编者所加。特此说明。

2020 年 9 月

目 录

社会和睦

天人合一

“和谐”是中国文化的精髓

中国文化的精髓是什么？据我的看法，中国文化的精髓就是“和谐”。自古以来，中国就主张“和谐”。时至今天，我们又提出“和谐”这一概念，这是我们中华民族送给世界的一个伟大礼物，希望全世界能够接受我们这个“和谐”的概念，那么，我们这个地球村就可以安静许多。

和谐涉及哲学、宗教、美学和文化交流诸方面。

我现在就讲讲自己的看法，我想这里面起码应包括这么几部分内容。

人类自从成为人类以来，最重要的是要处理好三个关系：一、人与自然的关系；二、人与人的关系，也就是社会关系；三、个人内心思想、感情的平衡与不平衡的关系。我们讲和谐，不仅要人与人和谐，人与自然和谐，还要人内心和谐。鉴于此，我把人文关怀的层次分析成人与自然、人与人及人自身的思想情感处理等三种关系，如果这三种关系处理得当，人就幸福愉快，否则就痛苦。

我们中华文化在哲学上表现为“天人合一”，具体讲就是人和大自然不是敌人而是朋友。宋代大哲学家张载的话最能涵盖：“民，吾同胞；物，吾与也。”民，都是我的同胞兄弟；物，包括植物动物都是我的伙伴。

这就是中国的思想。你如果把大自然当成敌人，大自然就会惩罚你。

有一次我讲话说，只有东方文化，能够拯救人类。你要那样征服自然界，征服下去，人类就没法活下去。

东方和西方最大的区别，基础在于思维方式：西方分析，东方综合，就是西方把事物越分越细，东方则是综合的，东方就是“天人合一”。天是大自然，人就是我们人类。“天人合一”的精神就是天人浑然一体，人天相爱。你要生存下去，人和自然要做朋友，不能做敌人。

东方文化的基础是综合的思维模式，西方则是分析的思维模式。所谓“综合”，其核心是强调普遍联系，注重整体概念。表现在人与自然的关系上，就是人与自然为一整体，人与其他动物都包括在这个整体之中。

东方的“天人合一”是带有普遍性的一种思想，中国、印度都有。以中国儒家为例，《易经》中有“大人者与天地合其德，与日月合其明，与四时合其序，与鬼神合其吉凶。先天而天弗违，后天而奉天时”。《中庸》有“能尽人之性，则能尽物之性；能尽物之性，则可以赞天地之化育，则可以与天地参矣。”《孟子》有“莫之为而为者，天也；莫之致而致者，命也”。“尽其心者，知其性也；知其性，则知天也。”董仲舒的“天人之际，合而为一”，张载的“民，吾同胞；物，吾与也”，更是典型的“天人合一”思想。这些都是综合思维方式的典型例子。印度的“梵我一如”，也是其表现。

现在欧洲也有人感觉到了这一点。这个东方不限于中国，还包括印度，以及受中国文化影响的韩国、日本等。我们不是说西方文明都不好，西方文明也为人类创造了福利，电灯、电话等就是西方创造的。但是，西方把人和自然对立起来。英文词典查“征服”，举例就是“征服自然”。西方自古希腊以来，以分析的方法对待自然。到了近代产业革命，达到了登峰造极的地步，其结果是人所共睹的。他们取得了辉煌的成就，上天入地，腾空泛海，声光电化，无所不及。一直发展到核能开发、宇宙卫星等等，全世界人民无不蒙受其利。这一点是无法否认的。这是他们“征服自然 ”的结果。然而自然虽无人格或神格，如孔子说：“天何言哉！四时行焉，百物生焉，天何言哉！”然而它却是能报复的，能惩罚的。西方滥用科技产生的弊端至今已日益显著，比如大气污染，环境污染，生态平衡破坏，臭氧层破坏，新疾病丛生，人口爆炸，淡水资源匮乏，自然资源匮乏，如此等等，不一而足。这些弊端，如果其中的任何一个得不到控制，则人类前途实处危境。

这些弊端已经引起了全世界有识之士的深切关注。怎么办呢？我的看法是：人类必须悬崖勒马，正视弊端，痛改“征服自然”的思想，采用东方的“天人合一”的思想。这样一来，庶几乎可以改变这种危险局面。我们人类是有理智有感情的，让脑筋清醒一下，是有好处的，何况我们回顾与前瞻的问题是关系到人类前途的问题，切不可掉以轻心，等闲视之。这样做不单是一般人的任务，有远见卓识的政治家们更应如此。

恩格斯在《自然辩证法》中说：“我们不能过分陶醉于我们对自然界的胜利，对于每一次这样的胜利，自然界都报复了我们。”恩格斯真不愧是马克思主义奠基人之一。在一百多年以前，当时自然界对人类的报复还不太显著或者只能说是初露端倪。可是伟大的恩格斯已经注意到了，而且给世人敲响了警钟。对这样天才的预见和警告，我们能不五体投地地赞佩吗？眼前世界的形势已经充分地证明了恩格斯预见之伟大与睿智。许多自然界和人类社会的现象已经充分证明了自然界正在日益强烈地对我们人类进行着报复。稍有头脑的人都能看到，例子是不胜枚举的。为了保护环境决不能抑制科学的发展、技术的发展和经济的发展，这个大前提是绝对正确的。不这样做是笨伯，是傻瓜。但是处理这个问题，脑筋里必须先有一根弦，先有一个必不可缺的指导思想，而这个指导思想只能是东方的“天人合一”思想。否则就会像是被剪掉了触角的蚂蚁，不知道往哪里走。从发展的最初一刻起，就应当在这种思想的指引下，念念不忘过去的惨痛教训，想方设法，挖空心思，尽最大的努力，对弊害加以抑制，决不允许空喊：“发展！发展！发展！”更不能高枕无忧，掉以轻心，梦想有朝一日科学会自己找出办法，挫败弊害。常言道：“道高一尺，魔高一丈。”到了那时，魔已经无法控制，而人类前途危矣。中国旧小说中常讲到龙虎山张天师打开魔罐，放出群魔，到了后来，群魔乱舞，张天师也束手无策了。最聪明最有远见的办法是向观音菩萨学习，放手让本领通天的孙悟空去帮助唐僧取经，但是同时又把一个箍套在猴子头上，把紧箍咒教给唐僧。

这样可以两全其美，真不愧是大慈大悲的观世音。

然而我们的反应怎样呢？除了少数有识之士外，大多数人，包括一些国家的领导人在内，还懵懵懂懂，驰骋于蜗角，搏斗于蚁冢。美国在演着总统选举的闹剧，中东在演着巴以冲突的悲剧，全球狼烟四起，动荡混乱，如果真有一个造物主的话——我不相信真有——他站在宇宙某一个地方，俯视地球村里的几台大戏正在演得红红火火。难道他会像我们人类一样，看到地上的蚁群厮杀，积尸满地，流血——蚂蚁不知有血没有——成河，不禁莞尔而笑吗？我虔诚希望，我们人类要同大自然成为朋友，不要再视它为敌人，成了朋友以后，再伸手向它要衣，要食，要一切我们需要的东西。

和谐还有社会的方面。我的老师陈寅恪教授曾经说过《白虎通》当中的三纲六纪是中国文化的精华。什么叫三纲呢？就是君臣、父子、夫妇。

他讲的当然是君为臣纲，父为子纲，夫为妻纲。这里边有糟粕，如夫妻应该是平等的，怎么男人成了女人的纲了呢？这个我们先不讲它。六纪，一是诸父，就是父亲的兄弟姊妹；二是兄弟；三是族人；四是诸舅，就是母亲家的人；五是师长；六是朋友。他说，这三纲六纪是中国文化的中心，我看他的话很有道理。因为人类自有社会以来，必然要有一种规则来维系，不然的话社会就会乱七八糟。现在马路上为什么要有交通警？为什么要有红绿灯？这就是一种规则，一种规章制度，要求大家都来遵守，这样社会生活才能进行。要是没有这些规则，社会生活就不能进行。《白虎通》的三纲六纪，把当时社会所有的人际关系都规定了。

建设和谐社会，首先是每个人都能做到内心的和谐。因此内心的和谐显得更为重要。我们的文化还有一个提法，是我们的特点，就是“格、致、正、诚、修、齐、治、平”。意思就是格物、致知、正心、诚意、修身、齐家、治国、平天下八个步骤。先从自己开始格物，就是了解事物，了解以后致知，把规律找出来，正心、诚意就不用讲了，修身就是修自己，然后齐家，把家治好，然后再治国，治国以后是平天下。就是从个人内心一直到天下。那么，什么叫国，什么叫天下呢？在周代来讲，像齐国、燕国、郑国等国是国，天下则指整个周代的中国。现在像中国、日本叫国，天下就是世界。个人要从内心出发，正心、诚意，一直推到治国、平天下。这套系统的步骤，属于伦理道德范畴，也属于政治范畴，是其他任何国家所没有的。“礼义廉耻，国之四维。”就是说，礼义廉耻是国家的四个支柱。除了这个提法外，古人还提出了“孝悌忠信，礼义廉耻”等说法，意思都差不多。

1998 年 3 月我为泰国朋友郑彝元《道统论》作序说过：我平生为不中不西而又亦中亦西之学，偏考据而轻义理，此盖天性使然，不敢强求也。迨至耄耋之年，忽发少年之狂，对义理问题，妄有所论列；但局促门外，有若野狐，心情介于信疑之间，执着则逾意料之限。数年前曾写一长文《“天人合一”新解》，意在唤起有志之士正确处理人与大自然之关系。盖谓西方科技文明，彪炳辉煌，为时已久。造福人类，至深且巨。然时至今日，际此上世纪之末，新世纪之初，其弊害渐趋明显，举其荦荦大者，如环境污染，臭氧出洞，人口爆炸，疾病丛生，淡水匮乏，生态失衡，如此等等，不一而足。此皆大自然对人类征服之报复，而芸芸者众，尚懵懵懂懂，使人不禁有“错把杭州作汴州”之慨叹。此诸弊害，若其中任何一方阻止无方，则人类生存前途必处于极大危害之中，事实如此，非敢危言耸听也。

这可以看作对我哲学方面的总结。

从宗教方面来说，我自己虽然不是任何宗教的信徒，但我对世界上所有正大光明的宗教都十分尊重，因为各大宗教都劝人做好事，不做坏事。

这正是正直的人类所需要的。但任何宗教都应该认识到，自己的宗教教义只是相对真理，绝对真理只有“最高神灵”才能掌握。所以不同宗教的信徒要互相尊重，互不相妨，你好，我好，大家好，大家以各自喜爱的方式来满足宗教的需要。同样，应该承认，世界上有有宗教需要的人，也有没有宗教需要的人。应该是敲锣吹号，各有一套，自己生存，也让别人生存。有宗教需要的人和没有宗教需要的人，有宗教需要的人中信这种教的和信那种教的，都应该共同携手，齐心协力，为改善人类的生存条件而努力奋斗。[1] 从世界范围来说，有有国教的国家，也有没有国教的国家。有宗教和民族一致的国家，也有宗教和民族不一致的国家。中国是一个没有国教的国家。在中华民族中，汉族不能算是一个宗教性很强的民族。汉族历史上信仰的宗教最大最古的有两个，一个是土生土长的道教，一个是从外面传来的佛教。但是对于道教和佛教，除了道士和尼姑、和尚之外，老百姓对这两种宗教，都信得马马虎虎，佛教庙里有时有道教的神，而且佛道两种庙里，有时竟会出现孔子和关圣帝君文武两圣人。有钱人家办丧事，既请道士，也请和尚，各唱各的调，各吹各的号，一团和气，处之泰然。因此整个中国历史上没有一次宗教战争。如果不同宗教的信徒都能互

① 《漫谈人生》，百花文艺出版社 2000 年版，第 49—50 页。

相尊重，则中国社会必能安定团结，世界人民也必能安定团结。[①] 从中国文化的传统来说，我们是不讲弱肉强食的。现在我们提出“和谐”这个概念，有助于全世界人民互相理解，互相尊重，互相爱护，不要斗争。中华文化源远流长，可以从各个方面来解释。唐朝时讲儒释道三教，那个时候儒家也算一种宗教。中国文化要从宗教来讲，就是儒释道，这三个思想体系加起来就是中国文化。

儒家的精神上面已经说过。

道家和道教的精神是什么呢？我很喜欢陶渊明《神释》中的四句诗，实际上这也是我人生的座右铭，即：纵浪大化中，不喜亦不惧。应尽便须尽，无复独多虑！我觉得这首诗中就充分展现了道家和道教的精神，这就是顺其自然的思想。依我的看法，陶渊明骨子里更像是道家的。我觉得“顺其自然”最有道理，不能去征服自然，自然不能征服，只能“天人合一”。要跟自然讲交情、讲平等，讲互相尊重；不要讲征服，谁征服谁，都是不对的。

佛教的精神呢？中国佛教可以用禅宗来代表。人们都说，佛教教义中的核心理论是非暴力论，和平是佛教实践的主体。佛教继承了婆罗门教和耆那教的非暴力和不杀生思想，把这一思想变成自己的基本戒律。佛教认为人的行为是由欲望引起

① 《漫谈人生》，百花文艺出版社 2000 年版，第 49—50 页。

的，人的欲望是无止境的，欲望膨胀的结果，就有了贪的行为，掠夺和战争正是贪的表现。所以佛教提倡灭欲，不杀害生灵，众生平等，不允许种姓压迫的存在，这样，社会、国家和人民之间的和平共处才有保障。这些平等慈悲的思想成为佛教和平思想的基石。重视人的生命，正视人的存在，重视人的价值，正确处理人与人之间、个人与家庭之间、个人与国家之间的关系，形成一种和睦、和谐的关系。美国总统罗斯福问太虚大师如何实现和平，太虚大师回答“慈悲无我”。“我”是纷争的根源，和平必需实现“无我”，“无我”才能无私，无私才能大公，大公才能实现和平。[①] 佛教教义归纳成三句话，称之为“三相”或者“三法印”：诸行无常，诸法无我，一切皆苦。释迦牟尼首转法轮，这三个法印几乎都包括在里面了。其中的“诸法无我”，是佛教重要教义，是佛教与婆罗门教斗争的重要武器。“无我”，意思是所谓“我”（Ātman）是并不存在的，它是由初转法轮中讲到的五盛蕴（色、受、想、行、识）组成的，是因缘和合的产物，没有实体。这是释迦牟尼在菩提树下悟到的真理。佛教僧侣以及居士，如果想悟到什么东西，他们首先必须悟到“无我”。事实上中国人确已悟到“无我”了，比如徐增《唐诗解读》卷五说：“行到水穷处，去不得处。我亦便止，倘有云起，我便坐而看云起，坐久当远。偶值林叟。便与

---

① 见宏度：《佛教与和平》，载《宗教：关切世界和平》，宗教文化出版社 2000 年版，第 54 页。

谈论山间水边之事。相与留连，则不能以定还期矣。于佛法看来，总是无我，行无所事。行到是大死，坐起是得活，偶然是任运，此真好道人行履，谓之好道不虚也。”这是徐增对王维《终南别业》那一首著名的诗的解释。我认为是抓住要领的。总之，我认为，要讲“晤”到什么，首先要悟到“无我”。

佛禅的“身、口、意”（“身”，行动；“口”，语言；“意”，思想）三方面是解决人的心身关系。佛教分析恶业，从身、口、意出发，列出十恶业。身有三恶业：杀生、偷盗、邪淫。口有四恶业：妄言、绮语、两舌、恶口。妄言，是虚妄不实的骗话。绮语，是巧言令色的漂亮话，无益无义的污秽话，巴结奉迎的谄媚话。两舌，是“两边嘴”。恶口，就是破口骂人，恶意咒人。意有三恶业，心对于外境起贪，起嗔，起痴。佛教戒条中这身、口、意三恶业，意业最重要。内心意欲思想不正，会形诸于外从口业和身业表现出来，成为犯罪的行为，所以佛教先注重治心，治心是治本，治口、治身是治标。佛教的戒律，就是在三业中要先治意业。

我于美学，即使不是一个完全的门外汉，反正至少也是一个“槛外人 ”。读周来祥教授《美学文选》之后，我有些感想。周先生的文章我读过一些，但不算太多，对周先生博大精深的著作，只能望洋兴叹。美学属于广义的哲学范畴。哲学，同自然科学不同，不能重复实验。一个哲学家，只要能做到自圆其说，持之有故，言之成理，就是好的哲学家。倘能别出新义，独辟蹊径，就是一个更好的哲学家了。我想，美学恐亦如此，美学坛坫，未雷登上，下风逖听，据说有不同的派别。周来祥教授独树和谐美学的大旗，既能自圆其说，又是独辟蹊径，不落窠臼，巍然挺立于美学之林，为中国美学界增光添彩。只是这一点就值得我们真诚地赞赏。

中国美学讲和谐有悠久的历史，《尚书·尧典》有“八音克谐，无相夺伦，神人以和”之说。《论语·学而》有“礼之用，和为贵。先王之道，斯为美”。董仲舒有“举天地之道而美于和”。[①]《乐记》有：“地气上齐，天气下降，阴阳相摩，天地相荡，鼓之以雷霆，奋之以风雨，动之以四时，媛之以岁月，而百化兴焉。如此，则乐者天地之和也。”《中庸》把和谐提到哲学的高度：“中也者，天下之大本也；和也者，天下之达道也。致中和，天地位焉，万物育焉。”宋玉在《登徒子好色赋》中运用这种和谐原则，描写倾国倾城的美人：“增之一分则太长，减之一分则太短，著粉则太白，施朱则太赤。眉如翠羽，肌如白雪，腰如束素，齿如含贝。”我在《我的美人观》文中提出，我想在太岁头上动一下土，探讨一下“美人”这个“美”字的含义。我没有研究过美学，只记得在很多年以前，中国美学论坛上忽然爆发了一场论战。我以一个外行人的身份，从窗外向论坛上瞥了一眼，只见专家们意气风发，舌剑唇枪争得极

① 《春秋繁露·循天之道》。

为激烈。有的学者土张，美是主观的。有的学者主张，美是客观的。有的学者主张，美是主客观相结合的。像美这样扑朔迷离、玄之又玄的现象或者问题，一向难以得到大家一致同意的结论或者解释的。美人之所以被称为美人，必然有其异于非美人者。但是，她们也只具有五官四肢，造物主并没有给她们多添上一官一肢，也没有挪动官肢的位置，只在原有的排列上卖弄了一点手法，使这个排列显得更匀称，更和谐，更能赏心悦目。

美学这个词儿是舶来品，美学这个词英文是 aesthetics，是从希腊文来的，是讲感官，与外界接触得到的美感。感官有眼、耳、鼻、舌、身等五官。西方美学在五官里边只讲两官：一官指眼睛，看雕塑，看绘画，讲美学是用眼睛看的。另一官指耳朵，听的是音乐。五官只讲两官，光讲眼睛和耳朵，光讲美术和音乐，中国人的美，跟西方人不一样。有的当然一样，如这个姑娘很漂亮，中国人眼中看着漂亮，西方人眼中看着也漂亮，有共同的地方。但也有很大的区别，是“美”这个字，一查《说文》在羊部，“羊大为美”。羊长大了，肉很好吃，是讲舌头的。我们不是说美味佳肴吗？美跟味联在一起，是讲舌头的。西方美学不讲舌头，是讲别的。

中国人讲美学，要讲中国人的美。中国的美首先不是从眼睛出发，不从耳朵出发，而是从舌头出发。善，善良的善，也是羊部；仁、义、礼、智、信的义，繁体字也是羊部，都是羊。美和善是统一的，这突出表现在儒家美学思想中。孔子主张“里仁为美”，强调人与“仁”相融，能体现出美。所以他提出“尽善尽美”的美学标准，把艺术标准与道德标准统一起来。荀子主张“故乐行而志清，礼修而行成，耳目聪明，血气和平，移风易俗，天下皆宁，美善相乐”[①]。我们中国人喜欢吃，这个事情也很简单。我的想法是中国在游牧社会，羊大了，吃羊肉，就觉得美得不得了。从这开始，从味觉开始，然后是美人啊，就到了眼睛了。很美的音乐，就到了耳朵了。是不是这么个道理？中国美和西方美不一样。根据我们中国人的美，我们认为什么是美，我们认为是五官，不光是眼睛和耳朵，一官或两官。讲美学的话，应该讲眼、耳、鼻、舌、身，不能光讲眼睛和耳朵。其感觉之美，虽性质微有不同，其为美则一也。在中国当代汉语中，“美”字的涵盖面非常广阔。眼、耳、鼻、舌、身五官，几乎都可以使用“美”字。比如眼：这幅画美，人美，自然风光美；耳：乐声美。鼻：香味美。舌：味道美。只有身稍微困难一点，但是从人们口中常说“美滋滋的”，也可以表示“舒服”，这样使用到“身”上，也就没有困难了。要把眼、耳、鼻、舌、身所感受到的美都纳入美学框架，把心理和生理所感受的美冶于一炉，建构成一个新体系。

从国际关系方面来说，世界要和谐，国与国之间就要互相尊重，进行文化交流。我认为文化一旦产生，其交流就是必

① 《荀子·乐论》。

然的。文化交流是推动人类社会前进的重要动力之一，没有文化交流，就没有文化发展。交流是不可避免的，无论谁都挡不住。从古代到现在，在世界上还找不到一种文化是不受外来影响的。交流也有坏的，但坏的对人类没有益处，不能叫文化。对人类有好处的、有用的、物质、精神两方面的东西交流，才叫“文化交流”。一种文化既有其民族性，又有其时代性。一个民族自己创造文化，并不断发展，成为传统文化，这是文化的民族性。一个民族创造了文化，同时在发展过程中它又必然接受别的民族的文化，要进行文化交流，这就是文化的时代性。民族性与时代性有矛盾，但又统一，缺一不可。继承传统文化，就是保持文化的民族性；吸收外国文化，进行文化交流，就是保持文化的时代性。所以文化的民族性与时代性这个问题是会贯彻始终的。

中国自先秦时代起，就不断地与周围对内对外进行交流。对内是各民族之间进行交流，对外是与周边国家进行交流。世界上的文化体系，中国文化、印度文化、伊斯兰阿拉伯文化构成的东方文化，和希腊罗马乃至欧美文化构成的西方文化之间不断地进行交流，形成了今天世界上灿烂辉煌，千姿百态，各具特长而又互相联系的文化，给全人类带来了极大的幸福和繁荣。文化交流是双向的，中国文化在汉唐时代如日中天，既吸收外来文化，又把自己的优秀文化毫无保留地送给东西方的其他国家，罗盘、火药、造纸、印刷传遍了整个世界。

对中国与外国的文化交流，我的基本观点是“拿来”与“送去”兼顾。就目前来说，要更重视“拿来”，就是把外国的好东西“拿来”。这里涉及到上述有关文化的三个方面，都要拿。“物”的部分，当然要拿，咖啡、沙发、啤酒、牛仔裤、喇叭裤，这一系列东西，只要是好的，都拿。

心、物结合的部分比方说制度，也可以学习。最重要的还是心的部分，要拿价值观念、民族性格。因为我们的价值观念、思想方式，不能马马虎虎，得把弱点克服，要不克服的话，我们的生产力就发展不了。

2007 年 9 月 1 日

“天人合一”新解

“天人合一”是中国哲学史上的一个非常重要的命题。中外治中国哲学史的学者，哪一个也回避不开。但是，对这个命题的理解、解释和阐述，却相当分歧。学者间理解的深度和广度、理解的角度，也不尽相同。这是很自然的，几乎没有哪一个哲学史上的命题的解释是完全一致的。

我在下面先简略地谈一谈这个命题的来源，然后介绍一下几个有影响的学者对这个命题的解释，最后提出我自己的看法，也可以说是“新解”吧。对于哲学，其中也包括中国哲学，我即使不是一个完全的门外汉，最多也只能说是一个站在哲学门外向里面望了几眼的好奇者。但是，天底下的事情往往有非常奇怪的，真正的内行“司空见惯浑无事”，对一些最常谈的问题习以为常，熟视无睹，而外行人则怀着一种难免幼稚但却淳朴无所蔽的新鲜的感觉，看出一些门道来。这个现象在心理学上很容易解释，在人类生活和科学研究中，并不稀见。我希望，我就是这样的外行人。

我先介绍一下这个命题的来源和含义。

什么叫“天人合一”呢？“人”，容易解释，就是我们这一些芸芸众生的凡人。“天”，却有点困难，因为“天”字本身含义就有点模糊。在中国古代哲学家笔下，天有时候似乎指的是一个有意志的上帝。这一点非常稀见。有时候似乎指的是物质的天，与地相对。有时候似乎指的是有智力有意志的自然。我没有哲学家精细的头脑，我把“天”简化为大家都能理解的大自然。我相信这八九不离十，离开真理不会有十万八千里。这对说明问题也比较方便。中国古代的许多大哲学家，使用“天”这个字，自己往往也有矛盾，甚至前后抵触。这一点学哲学史的人恐怕都是知道的，用不着细说。

谈到“天人合一”这个命题的来源，大多数学者一般的解释都是说源于儒家的思孟学派。我觉得这是一个相当狭隘的理解。《中华思想大辞典》说：“主张‘天人合一’，强调天与人的和谐一致是中国古代哲学的主要基调。”这是很有见地的话，这是比较广义的理解，是符合实际情况的。我现在就根据这个理解来谈一谈这个命题的来源，意思就是，不限于思孟，也不限于儒家。我先补充上一句：这个代表中国古代哲学主要基调的思想，是一个非常伟大的、含义异常深远的思想。

为了方便起见，我还是先从儒家思想介绍起。《周易·乾卦·文言》说：“‘大人’者与天地合其德，与日月合其明，与四时合其序，与鬼神合其吉凶，先天而天弗违，后天而奉天时。”这里讲的就是“天人合一”的思想，这是人生的最高的理想境界。

孔子对天的看法有点矛盾。他时而认为天是自然的，天不言而四时行，而万物生。他时而又认为，人之生死富贵皆决定于天。他不把天视作有意志的人格神。

子思对于天人的看法，可以《中庸》为代表。《中庸》说：“能尽人之性，则能尽物之性；能尽物之性，则可以赞天地之化育，则可以与天地参矣。”

孟子对天人的看法基本上继承了子思的衣钵。《孟子·万章上》说：“莫之为而为者，天也；莫之致而致者，命也。”天命是人力做不到达不到而最后又能使其成功的力量，是人力之外的决定的力量。孟子并不认为天是神；人们只要能尽心养性，就能够认识天。《孟子·尽心上》说：“尽其心者，知其性也；知其性则知天矣。”

到了汉代，汉武帝独尊儒术。董仲舒是当时儒家的代表。是他认真明确地提出了“天人之际，合而为一”的思想。《春秋繁露·人副天数》中说：“人有三百六十节，偶天之数也；形体骨肉，偶地之厚也；上有耳目聪明，日月之象也；体有空窍理脉，川谷之象也。”《阴阳义》中说：“天亦有喜怒之气，哀乐之心，与人相副，以类合之，天人一也。”董仲舒的天人合一思想，是非常明显的。他的天人感应说，有时候似乎有迷信色彩，我们不能不加以注意。

到了宋代，是中国所谓“理学”产生的时代。此时出了不少大儒。尽管学说在某一些方面也有所不同。但在“天人合一”方面，几乎都是相同的。张载明确地提出了“天人合一”的命题。程颐说：“天、地、人，只一道也。”

宋以后儒家关于这一方面的言论，我不再介绍了。我在上面已经说过，这个思想不限于儒家。如果我们从更宏观的角度来看这个问题，把“天人合一”理解为人与大自然的关系，那么在儒家之外，其他道家、墨家和杂家等等也都有类似的思想。我在此稍加介绍。

老子说：“人法地，地法天，天法道，道法自然。”王弼注说：与自然无所违。《庄子·齐物论》说：“天地与我并生，而万物与我为一。”看起来道家在主张天人合一方面，比儒家还要明确得多。墨子对天命鬼神的看法有矛盾。他一方面强调“非命”“尚力”，人之富贵贫贱荣辱在力不在命。但是在另一方面，他又推崇“天志”“明鬼”。他的“天”好像是一个有意志行赏罚的人格神。天志的内容是兼相爱。他的政治思想，比如兼爱、非攻、尚贤、尚同，也有同样的标记。至于吕不韦，在《吕氏春秋·应同》中说：“成齐类同皆有合，故尧为善而众善至，桀为非而众非来。〈高箴〉云：‘天降灾布祥，并有其职。’”这里又说：“山云草莽，水云鱼鳞，旱云烟火，雨云水波，无不皆类其所生以示人。”从这里可以看出，吕氏主张自然（天）是与人相应的。

中国古代“天人合一”的思想，就介绍这样多。我不是写中国哲学史，不过聊举数例说明这种思想在中国古代十分普遍而已。

不但中国思想如此，而且古代东方思想也大多类此。我只举印度一个例子。印度古代思想派系繁多。但是其中影响比较大、根柢比较雄厚的是人与自然合一的思想。印度使用的名词当然不会同中国一样。中国管大自然或者宇宙叫“天”，而印度则称之为“梵”（brahman）。中国的“人”，印度称之为“我”（Ātman，阿特曼）。总起来看，中国讲“天人”，印度讲“梵我”，意思基本上是一样的。印度古代哲学家有时候用 tat（等于英文的 that）这个字来表示“梵”。梵文 tatkartṛ。表面上看是“那个的创造者”，意思是“宇宙的创造者”。印度古代很有名的一句话 tat tvam asi，表面上的意思是“你就是那个”，真正的含义是“你就是宇宙”（你与宇宙合一）。宇宙，梵是大我；阿特曼，我是小我。奥义书中论述梵我关系常使用一个词儿 Brahmātmaikyam，意思是“梵我一如”。吠檀多派大师商羯罗（Śaṅkara，约公元 788—820 年），张扬不二一元论（Advaita）。大体的意思是，有的奥义书把“梵”区分为二：有形的梵和无形的梵。有形的梵指的是现象界或者众多的我（小我）；无形的梵指的是宇宙本体最高的我（大我）。有形的梵是不真实的，而无形的梵才是真实的。所谓“不二一元论”就是说：真正实在的唯有最高本体梵，而作为现象界的我（小我）在本质上就是梵，二者本来是同一个东西。我们拨开这些哲学迷雾看一看本来面目。这一套理论无非是说梵我合人，也就是天人合一，中印两国的思想基本上是一致的。[①]

从上面的对中国古代思想和印度古代思想的介绍中，我们可以看到，尽管使用的名词不同，而内容则是相同的。换句话说，“天人合一”的思想是东方思想的普遍而又基本的表露。我个人认为，这种思想是有别于西方分析的思维模式的东方综合的思维模式的具体表现。这个思想非常值得注意，非常值得研究，而且还非常值得发扬光大，它关系到人类发展的前途。

专就中国哲学史而论，我在本文一开头就说到：哪一个研究中国哲学史的学者也回避不开“天人合一”这个思想。要想对这些学者们的看法一一详加介绍，那是很难以做到的，也是没有必要的。我在下面先介绍几个我认为有代表性的哲学史家的看法，然后用比较长一点的篇幅来介绍中国现当代国学大师钱宾四（穆）先生的意见，他的意见给了我极大的启发。

首先介绍中国著名的哲学史家冯芝生（友兰）先生的意见。芝生先生毕生研究中国哲学史，著作等身，屡易其稿，前后意见也不可避免地不能完全一致。他的《中国哲学史》是一部皇皇巨著，在半个多世纪的写作过程中，随着时代潮流的变换，

① 参阅姚卫群《吠檀多派哲学的梵我关系理论》，《南亚研究》1992 年第 3 期，第 37—44 页。

屡屡改变观点，直到逝世前不久才算是定稿。我不想在这里详细讨论那许多版本的异同。我只选出一种比较流行的也就是比较有影响的版本，加以征引，略作介绍，使读者看到冯先生对这个“天人合一”思想的评论意见。我选的是 1984 年中华书局版的《中国哲学史》。他在上册页 164 谈到孟子时说：“‘万物皆备于我’；‘上下与天地同流’等语，颇有神秘主义之倾向。其本意如何，孟子所言简略，不能详也。”由此可见，冯先生对孟子“天人合一”的思想没有认真重视，认为“有神秘主义倾向”。看来他并不以为这种思想有什么了不起。他的其他意见不再具引。

第二个我想介绍的是中国著名的思想史家侯外庐先生。他在《中国思想通史》（1957 年，人民出版社）第一卷，页 380，谈到《中庸》的“天人合一”的思想。他引用了《中庸》的几段话，其中包括我在上面引的那一段。在页 381 侯先生写道：“这一‘天人合一’的思想，已在西周的宗教神上面加上了一层‘修道之谓教’。”看来这一位中国思想史专家，对“天人合一”思想的理解与欣赏水平，并没能超过冯友兰先生。

我想，我必须引征一些杨荣国先生的意见，他代表了一个特定时代的御用哲学家的意见。他是“十年浩劫”中几乎仅有的一个受青睐的中国哲学史家。他的《简明中国哲学史》（1973 年，人民出版社）可以代表他的观点。在这一部书中，杨荣国教授对与“天人合一”思想有关的古代哲学家一竿子批到底。他认为孔子“要挽救奴隶制的危亡，妄图阻止人民的反抗”（页25）。孔子的“政治立场的保守，决定他有落后、反动的一面”（同上）。对子思和孟子则说，“力图挽救种族统治、把孔子天命思想进一步主观观念化的唯心主义哲学”（页29）。“孟子鼓吹超阶级的性善论”（页34）。“由于孟子是站在反动的奴隶主立场，是反对社会向前发展的，所以他的历史观必然走上唯心主义的历史宿命论”（页35）。“由是孔孟之道更加成为奴役劳动人民的精神枷锁。要彻底砸烂这些精神枷锁，必须批判孔孟哲学，并肃清其流毒和影响”（页37）。下面对董仲舒（页74—84），对周敦颐（页165—169），对程颐（页171—177），对朱熹（页191—198）等等，所使用的词句都差不多，我不一一具引了。这同平常我们所赞同的批判继承的做法，不大调和。但是它确实代表了一个特定时期的思潮，读者不可不知，所以我引征如上。

最后，我想着重介绍当代国学大师钱穆（宾四）先生对“天人合一”思想的看法。

钱宾四先生活到将近百岁才去世。他一生勤勤恳恳，笔耕不辍，他真正不折不扣地做到了“著作等身”，对国学研究做出了极其重要的贡献。他涉猎方面极广，但以中国古代思想史为轴心。因此，在他漫长的一生中，在他那些大大小小长长短短的著述中，很多地方都谈到了“天人合一”。我不可能一一列举。我想选他的一种早期的著作，稍加申述；然后再选他逝世前不久写成的他最后一篇文章。两个地方都讲到“天人合一”；但是他对这个命题的评价却迥乎不同。我认为，这一件事情有极其重要的含义。一个像钱宾四先生这样的国学大师，在漫长的生命中，对这个命题最后达到的认识，实在是值得我们非常重视的。

我先介绍他早期的认识。

宾四先生著的《中国思想史》(《现代国民基本知识丛书》第一辑）中说：

> 中国思想，有与西方态度极相异处，乃在其不主向外觅理，而认真理即内在于人生界之本身，仅指其在人生界中之普遍者共同者而言，此可谓之内向觅理。

书中又说：

> 中国思想，则认为天地中有万物，万物中有人类，人类中有我。由我而言，我不啻为人类中心，人类不啻为天地万物之中心，而我又为其中心之中心。而我之与人群与物与天，寻本而言，则浑然一体，既非相对，亦非绝对。

在这里，宾四先生对“天人合一”的思想没有加任何评价。

大概他还没有感觉到这个思想有什么了不起之处。

但是，过了几十年以后，宾四先生在他一生最后的一篇文章《中国文化对人类未来可有的贡献》[①]中，对“天人合一”这个命题有了全新的认识。文章不长，《中国文化》系专门学术刊物又不大容易见到，我索性把全文抄在下面：

〔前言〕中国文化中，“天人合一”观，虽是我早年已屡次讲到，惟到最近始澈悟此一观念实是整个中国传统文化思想之归宿处。去年九月，我赴港参加新亚书院创校四十周年庆典，因行动不便，在港数日，常留旅社中，因有所感而思及此。数日中，专一玩味此一观念，而有澈悟，心中快慰，难以言述。我深信中国文化对世界人类未来求生存之贡献，主要亦即在此。惜余已年老体衰，思维迟钝，无力对此大体悟再作阐发，惟待后来者之继起努力。今适中华书局建立八十周年庆，索稿于余，姑将此感写出，以为祝贺。

中国文化过去最伟大的贡献，在于对“天”“人”关系的研究。中国人喜欢把“天”与“人”配合着讲。我曾说“天人合一”论，是中国文化对人类最大的贡献。

① 载刘梦溪主编的《中国文化》，1991 年 8 月第 4 期，第 93—96 页。

从来世界人类最初碰到的困难问题，便是有关天的问题。我曾读过几本西方欧洲古人所讲有关“天”的学术性的书，真不知从何讲起。西方人喜欢把“天”与“人”离开分别来讲。换句话说，他们是离开了人来讲天。这一观念的发展，在今天，科学愈发达，愈易显出它对人类生存的不良影响。

中国人是把“天”与“人”和合起来看。中国人认为“天命”就表露在“人生”上。离开“人生”，也就无从来讲“天命”。离开“天命”，也就无从来讲“人生”。所以中国古人认为“人生”与“天命”最高贵最伟大处，便在能把他们两者和合为一。离开了人，又从何处来证明有天。所以中国古人，认为一切人文演进都顺从天道来。违背了天命，即无人文可言。“天命”“人生”和合为一，这一观念，中国古人早有认识。我以为“天人合一”观，是中国古代文化最古老最有贡献的一种主张。

西方人常把“天命”与“人生”划分为二，他们认为人生之外别有天命，显然是把“天命”与“人生”分作两个层次，两个场面来讲。如此乃是天命，如此乃是人生。“天命”与“人生”分别各有所归。此一观念影响所及，则天命不知其所命，人生亦不知其所生，两截分开，便各失却其本义。决不如古代中国人之“天人合一”论，能得宇宙人生会通合一之真相。

所以西方文化显然需要另有天命的宗教信仰，来作他们讨论人生的前提。而中国文化，既认为“天命”与“人生”同归一贯，并不再有分别，所以中国古代文化起源，亦不再需有像西方古代人的宗教信仰。在中国思想中，“天”“人”两者间，并无“隐”“现”分别。除却“人生”，你又何处来讲“天命”。这种观念，除中国古人外，亦为全世界其他人类所少有。

我常想，现代人如果要想写一部讨论中国古代文化思想的书，莫如先写一本中国古代人的天文观，或写一部中国古代人的天文学，或人生学。总之，中国古代人，可称为抱有一种“天即是人，人即是天，一切人生尽是天命的天人合一观”。这一观念，亦可说即是古代中国人生的一种宗教信仰，这同时也即是古代中国人主要的人生观，亦即是其天文观。如果我们今天亦要效法西方人，强要把“天文”与“人生”分别来看，那就无从去了解中国古代人的思想了。

即如孔子的一生，便全由天命，细读《论语》便知。子曰：“五十而知天命”，“天生德于予”。又曰：“知我者，其天乎！”“获罪于天，无所祷也。”倘孔子一生全可由孔子自己一人作主宰，不关天命，则孔子的天命和他的人生便分为二。离开天命，专论孔子个人的私生活，则孔子一生的意义与价值就减少了。就此而言，孔子的人生即是天命，天命也即是人生，双方意义价值无穷。换言之，亦可说，人生离去了天命，便全无意义价值可言。但孔子的私生活可以这样讲，别人不能。这一观念，在中国乃由孔子以后战国时代的诸子百家所阐扬。

读《庄子·齐物论》，便知天之所生谓之物。人生亦为万物之一。人生之所以异于万物者，即在其能独近于天命，能与天命最相合一，所以说“天人合一”。此义宏深，又岂是人生于天命相离远者所能知。果使人生离于天命远，则人生亦同于万物与万物无大相异，亦无足贵矣。故就人生论之，人生最大目标、最高宗旨，即在能发明天命。孔子为儒家所奉称最知天命者，其他自颜渊以下，其人品德性之高下，即各以其离于天命远近为分别。这是中国古代论人生之最高宗旨，后代人亦与此不远。这可以说是我中华民族论学分别之大体所在。

近百年来，世界人类文化所宗，可说全在欧洲。最近五十年，欧洲文化近于衰落，此下不能再为世界人类文化向往之宗主。所以可说，最近乃是人类文化之衰落期。此下世界文化又将何所向往？这是今天我们人类最值得重视的现实问题。

以过去世界文化之兴衰大略言之，西方文化一衰则不易再兴，而中国文化则屡仆屡起，故能绵延数千年不断。这可说，因于中国传统文化精神，自古以来即能注意到不违背天，不违背自然，且又能与天命自然融合一体。我以为此下世界文化之归结，恐必将以中国传统文化为宗主。此事涵义广大，非本篇短文所能及，暂不深论。

今仅举“天下”二字来说，中国人最喜言“天下”。

> “天下”二字，包容广大，其涵义即有，使全世界人类文化融合为一，各民族和平并存，人文自然相互调适之义。其他亦可据此推想。

我抄了宾四先生的全文。此文写于1990年5月。全抄的目的无非是想让读者得窥全豹。我不敢擅自加以删节，恐失真相。

我们把宾四先生早期和晚期的两篇著作一对比便发现，他晚年的这一篇著作，对“天人合一”的认识大大地改变了。他自己使用“澈悟”这个词，有点像佛教的“顿悟”。他自己称此为“大体悟”，说这“是中国文化对人类最大的贡献”，又说“此事涵义广大”，看样子他认为这是一件了不起的事。我们当然都非常希望知道，这“澈悟”的内容究竟是什么。可惜他写此文以后不久就谢世，这将成为一个永恒的谜。宾四先生毕生用力探索中国文化之精髓。积80年之经验，对此问题必有精辟的见解，可惜我们永远也不会知道了。

他在此文中一再讲“人类生存”。他讲得比较明确：“天”就是“天命”；“人”就是“人生”。这同我对“天”“人”的理解不大一样。但是，他又讲到“不违背天，不违背自然”，把“天”与“自然”等同，又似乎同我的理解差不多。他讲到中国文化与西方文化，认为“欧洲文化近于衰落”，将来世界文化“必将以中国传统文化为宗主”。这一点也同我的想法差不多。

宾四先生往矣。我不揣谫陋，谈一谈我自己对“天人合一”的看法，希望对读者有那么一点用处，并就正于有道。我完全同意宾四先生对这个命题的评价：涵义深远，意义重大。我在这里只想先提出一点来：正如我在上面谈到的，我不把“天”理解为“天命”，也不把“人”理解为“人生”；我认为“天”就是大自然，“人”就是我们人类。天人关系是人与自然的关系。看来在这一点上我同宾四先生意见是不一样的。

我怎样来解释“天人合一”呢?

话要说得远一点，否则不易说清楚。

最近四五年以来，我以一个哲学门外汉的身份，有点不务正业，经常思考一些东西方文化关系问题，思考与宾四先生提出的“此下世界文化又将何所向往”相似的问题。我先在此声明一句：我并不是受到宾四先生的启发才思考的，因为我开始思考远在他的文章写成以前。只能说是“不谋而合”吧。我曾在许多文章中表达了我的想法，在许多国际学术研讨会上，我也发表了一些讲话。由最初比较模糊，比较简单，比较凌乱，比较浅薄，进而逐渐深化，逐渐系统，颇得到国内外一些真正的行家的赞许。我甚至收到了从西班牙属的一个岛上寄来的表示同意的信。

那么，我是如何思考的呢?

详细的介绍，此非其地。我只能十分简略地介绍一下。我从人类文化产生多元论出发，我认为，世界上每一个民族，不管大小，都或多或少地对人类文化做出了贡献。自从人类有历史以来，共形成了四个文化体系：

一、中国文化

二、印度文化

三、从古代希伯来起经过古代埃及、巴比伦以至伊斯兰阿拉伯文化的闪族文化

四、肇端于古代希腊、罗马的西方文化

这四个文化体系又可以划分为两大文化体系：东方文化和西方文化。前三者属于东方文化，第四个属于西方文化。两大文化体系的关系是：三十年河西，三十年河东。

东西两大文化体系的区别，随处可见。它既表现在物质文化上，也表现在精神文化上。具体的例子不胜枚举。但是，我个人认为，两大文化体系的根本区别来源于思维模式之不同。这一点我在上面已经提到过：东方的思维模式是综合的，西方的思维模式是分析的。勉强打一个比方，我们可以说：西方是“一分为二”，而东方则是“合二而一”。再用一个更通俗的说法来表达一下：西方是“头痛医头，脚痛医脚”，“只见树木，不见森林”，而东方则是“头痛医脚，脚痛医头”，“既见树木，又见森林”。说得再抽象一点：东方综合思维模式的特点是，整体概念，普遍联系；而西方分析思维模式则正相反。

现在我回到本题。“天人合一”这个命题正是东方综合思维模式的最高最完整的体现。

我在上面已经说到，我理解的“天人合一”是讲人与大自然合一。我现在就根据这个理解对人与自然的关系进行一些分析。

人，同其他动物一样，本来也是包括在大自然之内的。但是，自从人变成了“万物之灵”以后，顿觉自己的身价高了起来，要闹一点“独立性”，想同自然对立，要平起平坐了。这样才产生出来了人与自然的关系。

人类在成为“万物之灵”之前或之后，一切生活必需品都必须取给于大自然，衣、食、住、行，莫不皆然。人离开了自然提供的这些东西，一刻也活不下去。由此可见人与自然关系之密切、之重要。怎样来处理好人与自然的关系，就是至关重要的了。

据我个人的观察与思考，在处理人与自然的关系方面，东方文化与西方文化是迥乎不同的，夸大一点简直可以说是根本对立的。西方的指导思想是征服自然；东方的主导思想，由于其基础是综合的模式，主张与自然万物浑然一体。西方向大自然穷追猛打，暴烈索取。在一段时间以内，看来似乎是成功的：大自然被迫勉强满足了他们的生活的物质需求，他们的日子越过越红火。他们有点忘乎所以，飘飘然昏昏然自命为“天之骄子”“地球的主宰”了。

东方人对大自然的态度是同自然交朋友，了解自然，认识自然；在这个基础上再向自然有所索取。“天人合一”这个命题，就是这种态度在哲学上的凝炼的表述。东方文化曾在人类历史上占过上风，起过导向作用，这就是我所说的“三十年河东”。后来由于种种原因，时移势迁，沧海桑田，西方文化取而代之。钱宾四先生所说的：“近百年来，世界人类文化所宗，可说全在欧洲。”这就是我所说的“三十年河西”。世界形势的发展就是如此，不承认是不行的。

东方文化基础的综合的思维模式，承认整体概念和普遍联系，表现在人与自然的关系上就是人与自然为一整体，人与其他动物都包括在这个整体之中。人不能把其他动物都视为敌人，要征服它们。人吃一些动物的肉，实在是不得已而为之。从古至今，东方的一些宗教，比如佛教，就反对杀牲，反对肉食。中国固有的思想中，对鸟兽表示同情的表现，在在皆有。最著名的两句诗：“劝君莫打三春鸟，子在巢中待母归。”是众所周知的。这种对鸟兽表示出来的怜悯与同情，十分感人。西方诗中是难以找到的。孟子的话“恻隐之心人皆有之”，也表现了同一种感情。

东西方的区别就是如此突出。在西方文化风靡世界的几百年中，在尖刻的分析思维模式指导下，西方人贯彻了征服自然的方针。结果怎样呢？有目共睹，后果严重。对人类的得寸进尺永不餍足的需求，大自然的忍耐程度并非无限，而是有限度的。在限度以内，它能够满足人类的某一些索取。过了这个限度，则会对人类加以惩罚，有时候是残酷的惩罚。即使是中国，在我们冲昏了头脑的时候，大量毁林造田，产生的后果，人所共知：长江变成了黄河，洪水猖獗肆虐。

从全世界范围来看，在西方文化主宰下，生态平衡遭到破坏，酸雨到处横行，淡水资源匮乏，大气受到污染，臭氧层遭到破坏，海、洋、湖、河、江遭到污染，一些生物灭种，新的疾病冒出等等，威胁着人类的未来发展，甚至人类的生存。这些灾害如果不能克制，则用不到一百年，人类势将无法生存下去。这些弊害目前已经清清楚楚地摆在我们眼前，哪一个人敢说这是危言耸听呢？

现在全世界的明智之士都已痛感问题之严重，但是却不一定有很多人把这些弊害同西方文化挂上钩。然而，照我的看法，这些东西非同西方文化挂上钩不行。西方的有识之士，从本世纪20年代起直到最近，已经感到西方文化行将衰落。钱宾四先生说："最近五十年，欧洲文化近于衰落。"他的忧虑同西方眼光远大的人如出一辙。这些意见同我想的几乎完全一样，我当然是同意的，虽然衰落的原因我同宾四先生以及西方人士的看法可能完全不相同的。

有没有挽救的办法呢？当然有的。依我看，办法就是以东方文化的综合思维模式济西方的分析思维模式之穷。人们首先要按照中国人、东方人的哲学思维，其中最主要的就是"天人合一”的思想，同大自然交朋友，彻底改恶向善，彻底改弦更张。只有这样，人类才能继续幸福地生存下去。我的意思并不是要铲除或消灭西方文化。不是的，完全不是的。那样做，是绝对愚蠢的，完全做不到的。西方文化迄今所获得的光辉成就，决不能抹煞。我的意思是，在西方文化已经达到的基础上，更上一层楼，把人类文化提高到一个前所未有的高度。“三十年河西，三十年河东”这个人类社会进化的规律能达到的目标，就是这样。

有一位语言学家讽刺我要“东化”。他似乎认为这是非圣无法大逆不道之举。愧我愚陋，我完全不理解：既然能搞“西化”，为什么就不能搞“东化”呢？

“风物长宜放眼量。”我们决不应妄自尊大。但是我们也不应妄自菲薄。我们不应当囿于积习，鼠目寸光，认为西方一切都好，我们自己一切都不行。这我期期以为不可。

多少年来，人们沸沸扬扬，义形于色，讨论为什么中国自然科学不行，大家七嘴八舌，争论不休，都认为这是一件事实，不用再加以证明。然而事情真是这样吗？我自己对自然科学所知不多，不敢妄加雌黄。我现在吁请大家读一读中国当代数学大家吴文俊先生的一篇文章：《关于研究数学在中国的历史与现状》（见《自然辩证法通讯》1990 年第四期）。大家从中一定可以学习很多东西。

总之，我认为，中国文化和东方文化中有不少好东西，等待我们去研究，去探讨，去发扬光大。“天人合一”就属于这个范畴。我对“天人合一”这个重要的命题的“新解”，就是如此。

1992年11月22日写毕

漫谈伦理道德

现在，“以德治国”的口号已经响彻祖国大地。大家都认为，这个口号提得正确，提得及时，提得响亮，提得明白。但是，什么叫“德”呢？根据我的观察，笼统言之，大家都理解得差不多。如果仔细一追究，则恐怕是言人人殊了。

我不揣谫陋，想对“德”字进一新解。

但是，我既不是伦理学家，对哲学家们那些冗见别扭的分析阐释又不感兴趣。我只能用自己惯常用的野狐谈禅的方法来谈这个问题。既称野狐，必有其不足之处；但同时也必有其优越之处，他没有教条，不见框框，宛如天马行空，驰骋自如，兴之所至，灵气自生，谈言微中，搔着痒处，恐亦难免。坊间伦理学书籍为数必多，我一不购买，二不借阅，唯恐读了以后，“污染”了自己观点。

近若干年以来，我一直在考虑一个问题。人生一世，必须处理好三个关系：第一，人与大自然的关系，也就是天人关系；

第二，人与人的关系，也就是社会关系；第三，个人身、口、意中正确与错误的关系，也就是修身问题。这三个关系紧密联系，互为因果，缺一不可。这些说法也许有人认为太空洞，太玄妙。我看有必要分别加以具体的说明。

首先，谈人与大自然的关系。在人类成为人类之前，他们是大自然的一个不可或缺的组成部分。等到成为人类之后，就同自然闹起独立性来，把自己放在自然的对立面上。尤有甚者，特别是在西方，自从产业革命以后，通过所谓发明创造，从大自然中得到了一些甜头，于是诛求无餍，最终提出了“征服自然”的口号。他们忘记了一个基本事实，人类的衣、食、住、行的所有的资料都必须取给于大自然。大自然不会说话，“天何言哉！”但是却能报复。恩格斯说过：“我们不能过分陶醉于我们对自然界的胜利，对于每一次这样的胜利，自然界都报复了我们。”在一百多年以前，大自然的报复还不十分明显，恩格斯竟能说出这样准确无误又含意深远的话，真不愧是马克思主义伟大的奠基人之一！到了今天，大自然的报复已经十分明显，十分触目惊心，举凡臭氧出洞、温室效应、全球变暖、淡水短缺、生态失衡、物种灭绝、人口爆炸、资源匮乏、新疾病产生、旧环境污染，如此等等，不胜枚举。其中哪一项如果得不到控制都能影响人类的生存前途。到了这样危机关头，世界上一些有识之士才憬然醒悟，开了一些会，采取了一些措施。世界上一些国家的领导人也知道要注意环保问题了。这都是好事；但是，根据我个人的看法，还都是不够的。我们必须努力发出狮子吼，对全世界振聋发聩。

其次，我想谈一谈人与人的关系。自从人成为人以后，就逐渐形成了一些群体，也就是我们现在称之为社会的组织。这些群体形形色色，组织形式不同，组织原则也不同。但其为群体则一也。人与人之间，有时候利益一致，有时候也难免产生矛盾。举一个极其简单的例子，比如讲民主，讲自由，都不能说是坏东西；但又都必须加以限制。就拿大城市交通来说吧，绝对的自由是行不通的，必须有红绿灯，这就是限制。如果没有这个限制，大城市一天也存在不下去。这里撞车，那里撞人，弄得人人自危，不敢出门，社会活动会完全停止，这还能算是一个社会吗？这只是一个小例子，类似的大小例子还能举出一大堆来。因此，我们必须强调要处理好社会关系。

最后，我要谈一谈个人修身问题。一个人，对大自然来讲，是它的对立面；对社会来讲，是它的最基本的组成部分，是它的细胞。因此，在宇宙间，在社会上，一个人所处的地位是十分关键的。一个人在思想、语言和行动方面的正确或错误是有重要意义的。一个人进行修身的重要性也就昭然可见了。

写到这里，也许有人要问：你不是谈伦理道德问题吗，怎么跑野马跑到正确处理三个关系上去了？我敬谨答曰：我谈正确处理三个关系，正是谈伦理道德问题。因为，三个关系处理好，人类才能顺利发展，社会才能阔步前进，个人生活才能快乐幸福，这是最高的道德，其余那些无数的烦琐的道德教条都是从属于这个最高道德标准的，这个道理，即使是粗粗一想，也是不难明白的。如果这三个关系处理不好，就要根据“不好”的程度而定为道德上有缺乏，不道德或“缺德”。严重的“不好”，就是犯罪。这个道理也是容易理解的。

全世界都承认，中国是伦理道德的理论和实践最发达的国家。中国伦理道德的基础是先秦时期的儒家打下的，在其后发展的过程中，又掺杂进来了一些道家思想和佛家思想，终于形成了现在这样一个伦理体系，仍在支配着我们的社会行动。这个体系貌似清楚，实则是一个颇为模糊的体系。三教信条你中有我，我中有你，决不是泾渭分明的。但仍以儒家为主，则是可以肯定的。

儒家的伦理体系在先秦初打基础时可以孔子和孟子为代表。孔子的学说的中心，也可以说是伦理思想的中心是一个“仁”字。这个说法已为学术界比较普遍地所接受。孟子学说的中心，也可以说伦理思想的中心是“仁”“义”二字。对此学术界没有异词。先秦其他儒家的学说，我们不一一论列了。至于先秦以后几千年儒家学者伦理道德的思想，我在这里也不一一论列了。一言以蔽之，他们基本上沿用孔孟的学说，间或有所增益或有新的解释，这是事物发展的必然规律，不足为怪。不这样，反而会是不可思议的。

多少年来，我个人就有个想法。我觉得，儒家伦理道德学说的重点不在理论而在实践。先秦儒家已经安排好了的：格物、致知、诚意、正心、修身、齐家、治国、平天下，是大家所熟悉的。这样的安排极有层次，煞费苦心，然而一点理论的色彩都没有。也许有人会说，人家在这里本来就不想讲理论而只想讲实践的。我们即使承认这一句话是对的，但是，什么是“仁”，什么是“仁”“义”？这在理论上总应该有点交代吧，然而，提到“仁”“义”的地方虽多，也只能说是模糊语言，读者或听者并不能得到一点清晰的概念。

秦代以后，到了唐代，以儒家道统传承人自命的大儒韩愈，对伦理道德的理论问题也并没有说清楚。他那一篇著名的文章《原道》一开头就说：“博爱之谓仁，行而宜之之谓义，由是而之焉之谓道，足乎己勿待于外之谓德。”句子读起来铿锵有力，然而他想什么呢？他只有对“仁”字下了一个“博爱”的定义，而这个定义也是极不深刻的。此外几乎全是空话。“行而宜之”的“宜”意思是“适宜”，什么是“适宜”呢？这等于没有说。“由是而之焉”的“之”字意思是“走”。“道”是人走的道路，这又等于白说。至于“德”字，解释又是根据汉儒那一套“德者得也”。读了仍然是让人莫名其妙。至于其他朝代的其他儒家学者对仁义道德的解释更是五花八门，莫衷一是。我不是伦理学者，现在也不是在写中国伦理学史，恕我不再一一列举了。

我在上面极其概括地讲了从先秦一直到韩愈儒家关于仁义

道德的看法。现在，我忽然想到，我必须做一点必要的补充。我既然认为，处理好天人关系在道德范畴内居首要地位，我必须探讨一下，中国古代对于这个问题是怎样看的，换句话说，我必须探讨一下先秦时代一些有代表性的哲学家对天、地、自然等概念是怎样界定的。

首先谈“天”。一些中国哲学史认为，在春秋末期哲学家们争论的主要问题之一是，“天”是否是有人格有意志的神？这些哲学家大体上可以分为两个阵营：一个阵营主张不是，他们认为天是物质性的东西，就是我们头顶的天。这可以老子为代表。汉代《说文解字》的“天，颠也，至高无上”，可以归入此类。一个阵营的主张是，他们认为天就是上帝，能决定人类的命运，决定个人的命运。这可以孔子为代表。有一些中国哲学史袭用从苏联贩卖过来的办法，先给每一个哲学家贴上一张标签，不是唯心主义，就是唯物主义，把极端复杂的思想问题简单化了。这种做法为我所不取。

老子《道德经》中在几个地方都提到天、地、自然等等。他说：“人法地，地法天，天法道，道法自然。”（二十五章）在这一段话里老子哲学的几个重要概念都出现了。他首先提出“道”这个概念，在他以后的中国哲学史上起着重要的作用。这里的“天”显然不是有意志的上帝，而是与“地”相对的物质性的东西。这里的“自然”是最高原则。老子主张“无为”，“自然”不就是“无为”吗？他又说：“天地不仁，以万物为刍狗。”（五章）明确说天地是没有意志的。他又说：“道之尊，德之贵，夫莫之命而常自然。”（五十一章）道德不发号施令，而是让万物自由自在地成长。总而言之，老子认为天不是神，而是物质的东西。

几乎可以说是与老子形成对立面的是孔子。在《论语》中有许多讲到“天”的地方。孔子虽然说“子不语怪力乱神”；但是，在他的心目中是有神的，只不过是“敬鬼神而远之”而已。“天”在孔子看来也是有人格有意志的神。孔子关于“天”的话我引几条：“天何言哉！四时行焉，百物生焉，天何言哉！”“天之将丧斯文也，后死者不得与于斯文也；天之未丧斯文也，匡人其如予何！”“天生德于予，桓魋其如予何！”等等。孔子还提倡“天命”，也就是天的意志，天的命令，自命为孔子继承人的孟子，对“天”的看法同孔子差不多。那一段常被征引的话：“天之将降大任于斯人也，必先苦其心志，劳其筋骨，饿其体肤，空乏其身，行拂乱其所为。所以动心忍性，曾（增）益其所不能。”在这里，“天”也是一个有意志的主宰者。

也被认为是儒家的荀子，对“天”的看法却与老子接近，而与孔孟迥异其趣。他不承认天是有人格有意志的最高主宰者。有的哲学史家说，荀子直接把“天”解释为自然界。我个人认为，这是非常重要也非常正确的解释。荀子主要是在《天论》中对“天”做了许多唯物的解释，我不去抄录。我想特别提出“天养”说：“财非其类以养其类，夫是之谓天养。”意思是说人类利用大自然养活自己。这也是很重要的思想。多少年前我曾写过一篇论文《“天人合一”新解》。我当时没有注意到荀子对“天”的解释，所以自命为“新解”，其实并不新了，荀子已先我二千多年言之矣。我的贡献在于结合当前世界的情况把“天人合一”归入道德最高标准而已。这一点我在上面讲天人关系一节中已经讲到，请读者参阅。

我在上面只讲了老子、孔子、孟子和荀子。其他诸子对“天”的看法也是五花八门的。因为同我要谈的问题无关，我不一一论列。我只讲一下墨子，他认为“天”是有意志的，这同儒家的孔孟差不多。

我的补充解释就到此为止。

尽管荀子对“天”的认识已经达到了很高的水平，但是支配中国思想界的儒家仍然是保守的。我想再回头分析一下上面已经提到过的格、致等八个层次。前五项都与修身有关，后三项则讲的是社会关系。没有一项是天人关系的。这是什么原因呢？根据我个人肤浅的看法，先秦儒家，大概同一般老百姓一样，觉得天离开人们远，也有点恍兮惚兮，不容易捉摸，而人际关系则是摆在眼前的，时时处处，都会碰上，不注意解决是不行的。我们汉族是一个偏重实际的民族。所以就把注意力大部分用在解决社会关系和个人修身上面了。

几千年来，在中国的封建社会中，有很多形成系列的道德教条，什么仁、义、礼、智、信，什么孝、悌、忠、信、礼、义、廉、耻，如此等等，不一而足。每一个人在社会中的地位也排列得井井有条，比如五伦之类。亲属间的称呼也有条不紊，什么姑夫，舅父，表姑，表舅等等，世界上哪一种语言也翻译不出来，甚至在当前的中国，除了年纪大的一些人以外，年轻人自己也说不明白了。《白虎通》的三纲、六纪，陈寅恪先生认为是中国文化精义之所寄，可见中国这一些处理社会关系的准则在他心目中的重要地位了。

上面讲的是社会关系和个人修身问题。至于天人关系，除了先秦诸子所讲的以外，中国历代还有一种说法，就是所谓“天子”，说皇帝是上天的儿子。这种说法对皇帝和臣民都有好处。皇帝以此来吓唬老百姓，巩固自己的地位。臣下也可以适当地利用它来给皇帝一点制约，比如利用日食、月食、彗星出现等等“天变”来向皇帝进谏，要他注意修德，要他注意自己的行动。这对人民多少有点好处。

把以上所讲的归纳起来看，本文中所讲三个关系，第二个社会关系和第三个个人修身问题，人们早已注意到了，而且一贯加以重视了。至于天人关系，虽也已注意到，但只是片面讲，其间的关系则多所忽略，特别是对大自然能够报复，则认识比较晚，这情况中西皆然。只是到了西方产业革命以后，西方科技发展迅猛，人们忘乎所以，过分相信人定胜天的力量，以致受到了自然的报复，才出现了恩格斯所说的那种情况。到了今天，世界上一些有识之士，其中包括一些国家领导人，如梦初醒，惊呼“环保”不止。然而，从世界范围来看，并不是每个人都清醒够了。污染大气，破坏生态平衡的举动仍然到处可见。我个人的看法是不容乐观，因此我才把处理好天人关系提高到伦理道德的高标准来加以评断。

从一部人类发展前进的历史来看，三个关系的各自的对立面并不是固定不变的，而是变动不居的。因此制约这些关系的伦理道德教条也不可能一成不变。各个时代，各个民族，各个国家，情况不一，要求不一，道德标准也不可能统一。因此，我们必须提出，对过去的道德标准一定要批判继承。过去适用的，今天未必适用。今天适用的，将来未必适用。在道德教条中有的寿命长，有的寿命短。有的可能适用于全人类，有的只能适用于某一些地区。适用于一切时代，一切地区，万古常青的道德教条恐怕是绝无仅有的。

文章已经写得很长，必须结束了。我再着重说明一下，我不是伦理学家，没有研究过伦理学史。我只是习惯于胡思乱想。我常感觉到，中国以及世界上道德教条多如牛毛，如粒粒珍珠，熠熠闪光。可是都有点各自为政，不相贯联。我现在不揣冒昧提出了一条贯串众珠的线，把这些珠子穿了起来。是否恰当？自己不敢说。请方家不吝教正。

2001年5月25日

东方文化要重现辉煌

中国和印度是世界上两个人口最多的国家。这个事实，全世界都看到了，都承认了。但是，有一个事实，即我们这两个伟大的国家文化交流已经超过两千多年，从来没有中断过——这个事实在世界上还没有引起人们的注意。最近，我在思考一个问题，即人类社会总是要向前发展的，要进步的。但进步的动力和原因是什么？对这个问题似乎有不同的见解。我个人认为，文化交流是其中最重要的动力之一。中印两个伟大的国家在两千多年里互相学习，这对两国的发展和进步起了重要作用。今天讲“回顾”，我们有一个非常美好的、非常有意义的历史值得回顾。那么，“展望”怎么样呢？

许多学者认为西方文化为人类创造了巨大的福利，做出很大贡献，这是不能否定的；但是，其中一些弊端也已经渐渐地显露出来，大家都看得到，比如生态环境的破坏，臭氧层的破坏，新疾病的产生，人口的爆炸，等等，等等。如果人类解决不好这些弊端中的任何一个，人类前途就会有困难。这不是夸大。

那么，问题怎样解决？我个人认为，我们东方的思想是一个很好的出路，中国和印度都有一个“天人合一”（Unification of the nature and mankind）的思想，印度叫“Brahm ātmaikyam”（梵我一如）。这是哲学名词，解释起来也很简单。西方主张征服自然，把自然作为对立面甚至敌人进行征服。征服的结果产生了上述我所说的那些弊病。我们人类的衣食住行等所有东西都取自于大自然。索取的方法，我们东方与西方不一样。西方的方式是，你不给我，我就征服你。我们东方的主张是，向自然索取的同时，把自然当作朋友、兄弟。这种认识西方一些科学家像施本格勒、汤因比已经注意到了。

再过几年就是21世纪了。在21世纪，我们人类应该认识到西方自然科学带来的弊端。认识固然重要，但更重要的是行动。刚才我讲到的东方的思想，我们也没有很好实践。21世纪，需要以我们中国和印度为首的东方国家不仅能够“知道”，并且能够“行动”。我并不否定西方工业革命之后的几百年光辉历史，这是事实。我们要在西方文化发展的基础上，再把人类文化提高一步。我是说东方文化要重现辉煌。

刚才我听索尼娅·甘地夫人介绍了拉吉夫·甘地总理的想法，我是完全同意的。希望我们在展望21世纪时，不但要“知”，而且要“行”。知，就是知天人合一，梵我一如。“行”，就是行动起来。在西方几百年文化的基础上，发扬东方文明，使整个人类文明更上一层楼。

1996 年 8 月 27 日

《人与自然丛书》序

人类自从成为人类以来，最重要的是要处理好三个关系：一、人与自然的关系；二、人与人的关系，也就是社会关系；三、个人内心思想、感情的平衡与不平衡的关系。其中尤以第一个关系为最重要，而且就目前现状看来，是迫在眉睫的问题。

人之所赖以生存的衣食住行等无不是取自大自然，关键问题是取之之方。在这里，东西双方至少在思想上是不相同的。西方采取的是强硬的手段，要“征服自然”，而东方则主张采用和平的友好的手段，也就是“天人合一”。要先与自然做朋友，然后再伸手向自然索取人类生存所需要的一切。宋代大哲学家张载说“民，吾同胞；物，吾与也”，最鲜明地表达了这种思想。

东西方手段之所以不同，我个人认为，其基础是思维模式的差异。西方主分析，以中国文化为代表的东方主综合。西方自古希腊以来，以分析的方法对待自然。到了近代产业革命，达到了登峰造极的地步，其结果是人所共睹的。他们取得了辉煌的成就，上天入地，腾空泛海，生光电化，无所不及。一直发展到核能开发、宇宙卫星等等，全世界人民无不蒙受其利。这一点是无法否认的，这是他们“征服自然”的结果。然而自然虽无人格或神格，如孔子说“天何言哉！四时行焉，百物生焉，天何言哉！”然而它却是能报复的，能惩罚的。西方滥用科技产生的弊端至今已日益显著，比如大气污染、环境污染、生态平衡破坏、臭氧层破坏、新疾病丛生、自然资源匮乏、人口爆炸，如此等等，不一而足。这些弊端，如果其中的任何一个得不到控制，则人类前途实处危境。

这些弊端已经引起了全世界有识之士的深切关注。怎么办呢？我的看法是：人类必须悬崖勒马，正视弊端，痛改“征服自然”的思想，采用东方的“天人合一”的思想。这样一来，庶几乎可以改变这种危险局面。我把我这种想法称为“东西文化互补论”。

现在我们不但正处在一个世纪末，而且是一个千纪末。世纪末与千纪末和年不同，年是自然现象，而世纪千纪则是人为现象。如果没有耶稣，哪来什么世纪千纪？但是人一旦承认了这种人为的东西，它似乎就能起作用。19 世纪的世纪末以及眼前的世纪末，整个世界在政治和意识形态领域内，都出现了一些不寻常的现象，理不应如此，事却竟然如此，个中原因值得参悟。

我们人类是有理智有感情的，借这个世纪末的契机，回顾一下，前瞻一下，让脑筋清醒一下，是有好处的。何况我们回顾与前瞻的问题是关系到人类前途的问题，切不可掉以轻心，等闲视之。这样做不但是一般人的任务，有远见卓识的政治家们更应如此。

1997 年 3 月 22 日

对 21 世纪人文学科建设的几点意见*

首先我要向大家表示抱歉，让我来邵逸夫科学馆报告厅作报告，很怕耽搁大家的时间。另外，我想简单说一说，为什么我是山东大学校友。

这话说起来有点跟历史一样：1926 年我 15 岁，1928 年我 17 岁，我在山东大学附设高中（当时在北园白鹤庄）念书，所以我现在算是山大校友，当时我们校长是前清状元王寿彭。这件事交代完了以后，就来作我的所谓报告。

昨天，我的学生，也是我的朋友，《文史哲》杂志主编蔡德贵教授"突然袭击"，说今天让我作报告。说句老实话，我没有这个思想准备。而他是这样讲的，您愿讲什么就讲什么。这就麻烦了。不如他给我出一个题，作八股好作，而让我愿意

---

* 本篇为作者在 1996 年 10 月 4—6 日山东大学"面向 21 世纪的人文学科建设暨季羡林学术思想研讨会"上的发言，根据录音整理而成，并经作者审阅。

讲什么就讲什么，这是一个天大的难题，因为我脑袋里乱七八糟的东西，古今中外的，杂七杂八什么都有。究竟讲什么？昨天晚上我就考虑这个问题。我想今天是不是结合我们这个讨论会，面向 21 世纪的人文学科建设这个总的方向，谈一谈我的几点意见。

我这个意见嘛，现在争论很大。学术上有争论的是好事，如果发表一个意见，没有人理，那最寂寞，最难过，有争论好。什么问题呢？就是中西文化。

我这个人是搞语言的，很死板。清朝桐城派有义理、辞章、考据三门学问，我对义理最没有兴趣。可是到了晚年，却突然“老年忽发少年狂”，考虑义理就多了。我没有受过什么严格的训练，因为我讨厌这个东西。不过现在想起的问题，都跟义理有关。

首先，是中西文化。中、西文化有区别，这个大家都承认，可是讲中、西文化有区别，不是现在才开始。在唐朝初年，也就是穆斯林运动开始的时候，大家知道，穆罕默德，按时代来讲，生在中国的陈朝，跨过隋，隋只有几十年，到唐初他才逝世。没有穆罕默德，就没有穆斯林，没有伊斯兰。在伊斯兰教初期，也就是相当于在中国的唐代初期，7 世纪，在阿拉伯国家，在伊朗（那时叫波斯），流传着一个说法。一个什么说法呢？就是世界的民族，只有两个民族有文化，一个是中国，一个是古代希腊。这话也没有错。可又说，希腊人只有一只眼睛，中国人有两只眼睛。这就是一个价值判断，就说明我们中国比希腊高。他们为什么这么讲呢？他们说希腊人只有理论，没有技术。这话也对，世界上几大发明希腊都是一点没沾边。中国呢，是只有技术，没有理论。这句话应该做点小小的纠正，中国也有理论，他们说得太绝对了。我们的四大发明一直到现在，在全世界起那么大的作用，希腊没有。因此就说中国人有两只眼睛。在7世纪，在阿拉伯国家，在伊朗，有这种说法，必然有它的根据。根据我在这里就不讲了。

这样，我就感觉到，中、西文化有区别的说法，不是现在才开始的。1300年以前，就开始了。区别到底在什么地方呢？根据我的经验，胡思乱想的结果，感觉到中、西文化既然叫文化，必然有共同的地方，不成问题。物质、精神两个方面，为人类造福，这就是文化。这个中、西都一样，没有什么差别。可区别在什么地方呢？区别就在于中、西思维模式，思维方式不一样。西方思维模式的基础是分析，什么东西都分析，一分为二,万世不竭。东方呢，思维模式是综合。综合是八个字：整体概念，普遍联系，这叫综合。举例子很简单，西医，要是头痛了，他给你敷上一块湿凉手巾，这就是我们说的头痛医头。中国呢，头痛了，他给你在下边，在涌泉穴扎针，中国是头痛医脚，西方是头痛治头。这就表现出我们是拿人作为一个整体，整体概念，普遍联系，头与脚是有联系的。我们有大宇宙、小宇宙，人是小宇宙。从这儿开始，我想中、西文化是有区别的。后来，我看了一本书，是中国科学院一个有名的数学家，大数学家吴文俊教授，他给《九章算术》写了一篇序，他就讲，数学（吴文俊教授并不搞哲学，也不搞什么中西文化，他就是数学家），东方的数学与西方的不一样。西方的数学，从公理出发，亚里士多德三段论法：凡人必死，张三人也，故张三必死，它从公理出发。立一公理：凡人必死，凡人怎么怎么样，下面演绎。中国呢，是从问题出发，从实际出发，所以中国数学的发展，不是从公理来的，是从问题来的，是从实际来的。这是吴文俊先生的意见。后来有一次，我们在一起开会，吴文俊教授也参加了。他不搞文化，也不搞中西文化，这证明不但人文社会科学中、西不一样，就连自然科学也是中、西不一样。这个不一样，并不是说中国就能 2+2=5，不是这个意思，而是说西方是从公理出发，中国是从问题出发，从实际出发。因此我更对自己的想法沾沾自喜。梁漱溟先生 20 年代初写过一部《东西文化及其哲学》，很出名，他讲的跟我们讲的不一样，他那个“西”，是把印度放在中间。我在这里考虑，我们“东”，包括印度、阿拉伯国家在内，相当于东方。我们东方思维，就是综合的，普遍联系，整体概念，是从整体来看问题的。因此，就讲“天人合一”。

我考虑“天人合一”问题也是很偶然的。我看到原来北京大学教授钱穆（他后来到台湾，到香港，现在已经过世了。若从辈分上讲，他应该是我的老师，但我没有听过他的课，我不是北大毕业的）的一篇文章，那意思就是搞了一辈子中国学问，可后来到了晚年忽然悟出一个道理来，这就是“天人合一”，讲得不是那么很清楚。后来他就过世了，没有写下去。可是我一想，“天人合一”到底应该怎么解释？在座的有好多哲学家，同学们也有许多研究哲学、研究历史的。“天人合一”，你翻看中国哲学史任何一本，从孔子、老子、墨子，一直到清代，谈“天人合一”的多得不得了，都讲“天人合一”。可是究竟什么叫“天人合一”，每个人都有一个说法，最近我写了一篇文章，可能会引起很大轰动，还没有发表，叫做《真理愈辨愈明吗？》，有时候我考虑真理不是愈辨愈明，而是愈辨愈糊涂。《新民晚报》有个副刊“夜光杯”要发。“天人合一”，你要讲清楚写文章，就是写上一万字，十万字，一百万字，也写不完。几乎每一个哲人，儒家、道家、佛家都讲“天人合一”。我写了一篇文章，叫《“天人合一”新解》。所谓“新解”也者，就是我的解释，跟孔子、老子、孟子，都没有关系，他们讲他们的“天人合一”，我讲我的“天人合一”。后来文章在全国古籍整理小组主办的杂志《传统文化与现代化》创刊号上发表以后，引起了全国很大的争论。

我刚才说了，有争论就是好事。你发表一篇文章，提出一个看法，人家不理，那最难受。理的话，有两种理法，一种是赞成，一种是反对。后来，我想围绕这个问题的争论，全国实在是太多了，我就想了个办法，出一本书，叫《东西文化议论集》，不是辩论集，也不是讨论集，叫议论集。什么叫议论呢？就是你打你的，我打我的。《东方文化集成》是我几年前发起编写的一套专讲东方文化的书，500种，不是500册，可能是600册，700册，其中中国占100种，日本给50种，印度给50种，阿拉伯国家给50种，这是250种，其余的250种，各东方国家每个国家，最少一本，最多几本，韩国、朝鲜、蒙古甚至马尔代夫，马尔代夫可能有些同学不知道在什么地方，是一个很小的国家。只要是东方国家，就给一本。最近我们搞了几年，现在开始出版了，出版了10种11册。今天下午，我要献给我的母校。其中有一本书叫《东西文化议论集》。议论就是刚才说的，你打你的，我打我的。我写了一个序，我说我那篇《“天人合一”新解》发表以后，有人跟我辩论，有人跟我商榷，也有人赞成，外国也有赞成的，德国人、日本人都有赞成的，中国人也有反对的，激烈反对的，都好，都收录到里边来。我说我们共同唱一出戏——《十字坡》。《十字坡》是一出武松打店的戏，夜里边，是不是一丈青，不是一丈青，可能是母夜叉孙二娘，我忘记了，《水浒传》上的。因为在黑暗中，想杀人蒸包子，满台刀光剑影，可是谁也打不着谁。我们大家共唱一出《十字坡》，你要你的，我要我的，你也别碰我，我也别碰你，我也不给你“挡车”，你的意见我也给你发表。那个议论集共两本，两本还不够，再出两本也不够，这样一个大问题，就与21世纪的人文社会科学建设有关。

“天人合一”如果你觉得值得考证，那可以写成十万,八万,一百万，都可以写，没有什么了不起，多搜集资料，多看几部古书就可以了。我跟那些无关，我是“新解”，新解是我的解释。说你怎么这么讲，现在有人对我激烈反对。我说你们忘记了，我是新解，是我自己的解释。说我跟哪个哪个不同啊，跟过去哪个哪个不一样啦，要一样的话，怎么叫新解呢？新解就是不一样。那么我的“新解”是什么呢？我的新解就是：天，就是大自然；人，就是人类。人类和大自然要合一，不应该矛盾。[以下删去两段，叙述、观点与《“天人合一”新解》(《季羡林全集》第十四卷）相同]

这个问题怎么解决？

现在有人讲，你说那个“天人合一”有什么用，还得用科学来解决。科学犯了错误，由科学自己来解决，来纠正。当然是要科学的，我不否定，科学还是要的。不过，首先要解决思想问题，认识这个问题的重要性、严重性，否则的话，你会无能为力。我们中国工业发展比较晚，可是晚有晚的好处，最早要建工厂，根本不讲究怎么来处理工业废水，怎么处理烧煤的煤气，现在我们讲究了，有这个概念了。建工厂之前一定要处理好烧煤的技术设备，处理好冲向天空的煤烟，不然要出黑烟。黑烟里边据说有炭末，白烟就好一点。污水，要想办法花点钱治理，所以工业化晚有晚的好处。

我们中国现在建工厂就已经意识到工厂非盖不行，现代化非盖工厂不行，不可能离开工厂，避免灾害的工作我们正在做，做到什么程度呢？还很难说。因此我就想到为了21世纪人类的生存，我们必须先解决思想问题，思想问题一解决，天，就是大自然，与我们人类要合一，要成为朋友，不能成为敌人，不能征服和被征服，那是不行的。解决思想问题以后，上下一致，然后再来发展我们的工业。不是不发展，工业不发展是不行的；可是弊端要避免，不避免也是不行的。总起来说，就是这么一个大体轮廓。我刚才说过，我自己不是搞义理这一行的，是搞语言的，很枯燥的，现在考虑这个问题，就发现东、西文化就是不一样，不承认这一点就不行。

前一阶段，我应邀到中国科学院去讨论21世纪科学的远景规划，我发言说首先要谈，要搞清楚中国与西方有什么不同。

“天人合一”思想是十分重要的，不然，这样子污染下去，到2050年（在座的有好多能到2050年，我到不了啦），到那个时候，人类就会很困难了，非常麻烦，因此要未雨绸缪。所以我们现在谈21世纪，讲人文科学，不但讲人文科学，连所有的科学，包括自然科学、技术科学也在内，必须考虑这个问题。不考虑是不行的。

现在有人对我的意见激烈地反对，说解决这个问题还得靠科学，我不是反对科学，是要科学来解决，但是科学是人来使用的一种东西，科学本身是活的。有人提倡科学主义，科学主义现在是个贬义词，认为科学能够解决一切问题。科学不能解决一切问题。因此21世纪人文科学的发展必须考虑这个问题，考虑东方与西方的不同之处，弘扬“天人合一”的思想，上上下下，脑子里的这根弦要绷得紧紧的，时刻想到这个问题，以后的事情就好办了。

我们搞社会科学的人有一个较一致的看法，就是在国际上没有中国人的声音，鲁迅说过“无声的中国”，没有我们的声音。这话是指，不但人文社会科学没有我们的声音，诺贝尔文学奖，直到现在中国没有一个获得者。这里边有个政治问题，诺贝尔文学奖政治性是非常强的，它歧视社会主义国家，原来也歧视苏联。反对苏联的作家（我不是说苏联多么好，现在苏联已解体了），它就给诺贝尔奖金。中国这么一个大国，诺贝尔奖快到100年了（1901年起），没有一个中国的，印度、日本，也都有两个三个的，就是没有中国的。瑞典科学院院士管中国的叫马悦然，是高本汉的弟子，他管这个事。有人问马悦然（我不认识他，他的弟子我认识），为什么中国拿不到诺贝尔奖金，你不是汉学家吗？你说话是管用的呀！他讲，中国的创作，诗歌、小说、戏剧、散文，翻译不好。他这话没有道理！什么是翻译不好啊？那日本人的作品就翻译得好吗？所以这里边有政治问题，我讲不要羡慕它，诺贝尔奖金不都是什么好东西。那里边也有优秀作家，不过二、三流的作家占大部分。它给我们一个诺贝尔奖金，我们中华人民共和国照样存在；不给，我们也照样存在，我们还会越存在越好。

这话说远了。我感觉我们人文社会科学在国际上没有声音，文艺理论、文艺批评没有我们的地位，美学也没有我们的地位。中国人真的那么蠢吗？现在世界上还没有哪一个人敢说中国人蠢。有人敢说的话，这个人就是最蠢的。为什么？我们不蠢，那是我们不勤奋吗？我不能说我们的学者都勤奋。这里我插一句。昨天蔡德贵教授让我讲一讲，人文社会科学，大学、社会科学院“水土流失”严重的问题。年轻人不愿意做，不愿干这一行，山大是这样，北大也一样。我是这么看：要建设一个国家，应该两手抓。我们讲两手抓，实际上有时候是一手抓。现在是重工轻理，重理轻文，工科是第一，理科是第二，文科是第三。这对学文科的人有影响。实际上，我看大家不必有多么大的心理负担。世界各国真正经济腾飞、文化发达的，都是两手抓，光抓科技不行。日本之所以发展那么快，是因为它抓文化，抓教育。

我到日本去看过庆应大学，这是私立的，日本大学排榜能排第二或第一，早稻田和庆应，就像美国的哈佛和耶鲁一样，英国的牛津、剑桥一样。东京大学排第三位。庆应大学的创办人叫福泽谕吉，一进校门有一座塑像，他抓文化教育，办了个庆应大学。不搞文化不抓教育而想经济腾飞，小的可以腾，大的腾不起来。不要因为眼前文科显得用处不大，不要这么想。当然我并不是要大家都学文科。你们记着范老（文澜）的几句话：板凳甘坐十年冷，文章不写一句空。文科（其他科也一样）要出成绩，必须有这个本领。没有坐十年冷板凳的决心，一事无成。

我并不反对有些年轻人下海、留洋，我叫它“海洋主义”。“海洋主义”我不反对。因为大学里边用不了那么多人，社会科学院里也用不了那么多人。有的青年下海还有好处，我不反对。留洋我只反对不回来。我对不回来的深恶痛绝，可我没有办法。到一个国家留学不回来，在国外做一个三等公民。现在大家排了排，在美国甚至要做到五等公民，不是三等，不够三等。第一等是美国白人，第二等是西欧移民，第三等是拉美移民，第四等是黑人，第五等才是我们华人。所以不是做三等公民，而是五等公民，你这样舒服吗？饭吃得下去吗？天天吃大餐，肯德基、麦当劳，天天吃那个玩意儿，你吃得舒服吗？我觉得真正想有成就，真正爱我们国家，就得在我们国内才有前途。到美国可以教个书，当个教授，甚至当个终身教授，没有什么了不起，真正有出息是在中国。再等10年、20年，你再想一下当年季羡林讲过这么一句话，真正有出息是在中国。这不是狭隘爱国主义。所以，我想昨天蔡德贵面授机宜，让我讲一点看法，我就讲一点看法。

现在再回头来讲我们的21世纪人文社会科学。我觉得21世纪的人文社会科学，现在的基础要发展，但是必须有新的指导思想，就是我刚才说的“天人合一”，有了这个指导思想以后，不管是人文科学，社会科学，自然科学，工程技术，都一样，有这个指导思想和没有这个指导思想很不一样。要没有这个指导思想，21世纪还跟在西方的屁股后头转，还是无声的中国，那就太惨了。

拿文艺批评来讲，拿语言学来讲，西方是过几个月就出现一个新学说。出来以后，过不久就销声匿迹，然后再出现一个新学说。可是这里边我们中国为什么就没有？我想这里边有好多问题，其中有一个，就是“贾桂思想”，老觉着自己不行。《法门寺》这出戏剧里不是有个贾桂吗？觉着自己不行，只有洋人能够脑袋瓜灵，能创新学说，我们中国人创不了。哪有那么回事啊？西方人的那些东西，什么流派，不管是文艺理论、语言学，还是其他的学问，我们应该注意，它对你讲什么东西，一定要注意，一定要研究，可是无论如何不要迷信，没有什么了不起。清代赵翼有一首诗：“李杜诗篇万口传，至今已觉不新鲜。江山代有才人出，各领风骚数百年。”“江山代有才人出，各领风骚数百年”，这句话实际上没有说对。各领风骚数百年，李杜已领了一千多年了，我们现在还要念李白、杜甫啊！这句话本身是不对的，这里我不管它，我套用了一句：现在世界上不少学说是“江山年有才人出，各领风骚数十天”。庄子讲“蟪蛄不知春秋”，好多学说刚一出就完了。也有比较长一点的，但现在也不行了。而我们偏偏迷信，好像只有他们才能创新学说，我们不能创。我对这种现象深恶痛绝。

我举一个具体的例子，最近我写了一篇“怪论”——《美学的根本转型》。美学，在座的有好多是研究美学的，我们山大的周来祥教授是美学专家。我也来谈一谈美学的根本转型。我看过一篇文章，叫《美学的转型》，讲美学这门学问是舶来品，是传进来的。传进来以后，有人就跟着西方学者屁股后头转，转到今天，转到死胡同里去了。讨论什么美是客观的，美是主观的，美是主客观相结合的，越讨论越糊涂，谁也说服不了谁。现在有的美学家就提出要转型，我也写了《美学的根本转型》。什么叫“根本转型”呢？根本转型就是把西方的那一套根本丢掉。我不是瞎说的，美学这个词儿是舶来品，美学这个词英文是 aesthetics，是从希腊文来的，是讲感官，与外界接触得到的美感。感官有眼、耳、鼻、舌、身等五官。我们现在看西方美学，什么黑格尔、Croce，他们在五官里边只讲两官：一官指眼睛，看雕塑，看绘画，讲美学是用眼睛看的。另一官指耳朵，听的是音乐。五官只讲两官，光讲眼睛和耳朵，光讲美术和音乐，是不是这个情况？当年我在大学念书的时候，听过朱光潜先生讲的美学，“文艺心理学”，当时对我影响很大，后来没有怎么接触。

最近我忽然想到，西方美学之所以走到绝路，因为它不全。中国怎么办呢？美学是研究美的学问，中国人的美，跟西方人不一样。有的当然一样，如这个姑娘很漂亮，中国人眼中看着漂亮，西方人眼中看着也漂亮，有共同的地方。但也有很大的区别，是“美”这个字，美这个字，一查《说文》在羊部，“羊大为美”。羊长大了，肉很好吃。是讲舌头的。我们不是说美味佳肴吗？美跟味联在一起，是讲舌头的。西方美学不讲舌头，是讲别的。中国人讲美学，要讲中国人的美。中国的美首先不是从眼睛出发，不从耳朵出发，而是从舌头出发。善，善良的善，也是羊部；仁、义、礼、智、信的义，也是羊部，都是羊。我们中国人喜欢吃，这个事情也很简单。我的想法是中国在游牧社会，羊大了，吃羊肉，就觉得美得不得了。从这开始，从味觉开始，然后是美人啊，就到了眼睛了。很美的音乐，就到了耳朵了。是不是这么个道理？

中国美和西方美不一样。美学的根本转型，就要把西方的那一套都丢掉，根据我们中国人的美，我们认为什么是美，我们认为是五官，不光是眼睛和耳朵，一官或两官。是不是这样子？这篇文章大概年内可以发表，社科院的《文学评论》要发表。它为什么要压一压呢？他们说你这篇怪论，很有意思，到了快年终的时候，发你一篇文章，引起争论，可以增加订数，这是开玩笑。我说没有关系，这篇怪论你什么时候发都行。反正副标题就叫《一篇怪论》。我举这么个例子，就说明我们到21世纪，要搞人文科学，必须搞出我们中国的特色。文艺理论也一样。文艺理论的一篇已经发表了，在《文学评论》今年春天发表的，第2期听说就有反对我的意见的文章。我还是那个老办法，你打你的，我打我的，我也不跟你商榷，也不讨论。

你赞成，我同意；你不赞成，我也同意。这就是要考虑我们中国特点。要考虑中、西不一样。美这个英文词是 beautiful，讲人，beautiful 可以。讲这个菜，说 beautiful 不行，面包是美味，说 beautiful bread，没有这个说法。从语言学来讲，也不一样。我们讲美味佳肴，香港美食城，山东不知道有没有美食城。我们的美是从舌头出发的，讲美学的话，应该讲眼、耳、鼻、舌、身，不能光讲眼睛和耳朵。

美，有以心理为主要因素的，有以生理因素为主的。以心理为主要因素者为眼、耳，以生理为主要因素者为鼻、舌、身，部位不同，但是同为五官，同为感觉器官则一也。其感觉之美，虽性质微有不同，其为美则一也。在中国当代汉语中，“美”字的涵盖面非常广阔。眼、耳、鼻、舌、身五官，几乎都可以使用“美”字。比如眼：这幅画美，人美，自然风光美；耳：乐声美；鼻：香味美；舌：味道美。只有身稍微困难一点，但是从人们口中常说“美滋滋的”，也可以表示“舒服”，这样使用到“身”身上，也就没有困难了。这样含义涵盖广，难道同“美”的词源有关吗？五官所感受的美好的东西，既然可以同称“美”，其间必有相通之处。只要抓住这相通之处，加以探讨，必然有成。在西方则不然。以英文为例，含义是“美”的字眼，比如 beautiful，pretty，handsome 等等，涵盖面都有限，恐怕只限于眼。耳可用 sweet 等。鼻也可用 sweet，fragrant，aromatic。舌用 delicious 等。身用 comfortable 等。这些例子不全，也用不着全，只不过想略表中西之不同而已。

中国现在的美学研究既然走到死胡同，那就要改弦更张，另起炉灶，建构起一个全新的美学框架，扬弃西方美学中没有用的误导的那一套东西，保留其有用的东西。但是西方美学只限于眼、耳，是不全面的，中国美学“美”字的语源意义，只限于舌，也是不全面的，都必须加以纠正补充。要把眼、耳、鼻、舌、身所感受到的美都纳入美学框架，把心理和生理所感受的美冶于一炉，建构成一个新体系。这是大破大立，是根本转型，而不是修修补补。21 世纪要发展人文社会科学，必须有新东西，要根据我们中国自己的实际情况。

语言学也是这样。我不知道在座的有没有搞语言学的。中国语言学在世界上是最古老的，许慎《说文》、《尔雅》，都很古老。可到现在呢，在国际上没有中国的理论，只有外国的。原因是汉语的研究方法，应该彻底改变。现在研究汉语的方法，实际上是从《马氏文通》来的，是用研究英文、法文、拉丁文等有曲折变化的语言的方法来研究没有曲折变化的汉语。那能行吗？英文等的语序可以不那么固定，如我打你，你打我，“你”、“我”都有专词表述，语序不那么固定，也可以的。但在中文里不得了，是很大的不同。梵文的语序可以随便。中文就复杂，不能那么随便。如人，你说是名词，那韩愈的“人其人”，第一个“人”是动词。如火，也是韩愈的“火其书”，第一个“火”是动词，这种现象在印欧语系是没有的。所以拿英文的方法研究汉文是不行的，也要改弦更张，要根据汉语的具体情况来研究，不能用外国那一套。

建立一种理论也是这样。为什么我们在国外没有声音，是我们自己没有发。我觉得我们中国人的聪明才智，不差于任何国家，不低于任何国家。首先要去掉“贾桂思想”，觉得我们很不行，这是很不对的。

研究文学批评也是这样。现在有好多学派。研究文学批评有一些理论，当年主要是从苏联来的，毕达柯夫，在座中文系的老先生都知道，他的教科书，他的文艺理论也是西方的。我们过去也有文艺理论，《文心雕龙》、几个《诗品》，那就是文艺理论，很高的文艺理论。我们研究文艺理论要用中国的做法，我在《门外中外文论絮语》一文中讲过，中国的文论家从整体出发，把他们从一篇文学作品中悟出来的道理或者印象，用形象化的语言，来给它一个评价，比如“清新庾开府，俊逸鲍参军”，对李白则称之曰“飘逸豪放”，对杜甫则称之为“沉郁顿挫”，这是与西方文论学家把一篇文学作品加以分析，解剖，给每一个被分析的部分一个专门名词，支离繁琐，很不一样。中国诗，没法翻译成英文，翻译成英文谁也不懂，如“池塘生青草”，翻成英文是池塘旁边长出了青草来，这算是什么诗啊。又比如“明月照高楼”，这也是名句，翻译成英文，完了，成了月亮照着高楼。中、外不一样。中国文艺理论的书不多，《文心雕龙》，钟嵘、司空图各有一部《诗品》，这些都值得读一读。中国有诗话。诗话这东西很奇怪，我注意到，诗话世界上只有两个国家有，中国和韩国，日本没有诗话。

中国人吃东西，我写过两篇东西，是给《新民晚报》“夜光杯”用的，一篇是论中餐、西餐，另一篇题目挺吓人:《从哲学的高度来看中餐和西餐》，大家可以看看，并不吓人。我讲的是实话，中餐和西餐没有什么差别，很简单，中餐就是肉、菜炒在一起；肉与菜分离，就是西餐，就这么简单。实际情况当然不那么简单。法国西餐就好，做得比德国的好。看问题要抓住要害。不要迷信外国，外国要研究，不要迷信。一定要有我们的雄心壮志，不是只有蓝眼睛、高鼻子的人才能提出理论。山东大学在中国的大学里边，在山东当然是最高学府，在中国的综合大学里也是排在前边的。我自己作为一个山东人，作为山大的一个老校友，我是双重校友，既当过学生，又当过教员，我在济南“省立高中”教过书，高中是山大附中改建的。希望我们山大能够一天比一天好，为山东争光，为中国争光。

为了能适应21世纪人文社会科学发展的需要，我劝文科的同学多学习点理科的内容，至少选修一门理科的课程。原来，我1930年上清华大学时，有一个规定，文科学生必须学一门理科的课。当年蔡元培先生在北大也有这个规定，文科学生必须学一门理科的课程。可惜，清华用了一个通融办法，逻辑可以代替，结果三个逻辑教师讲，三个教室还都是满的。原因是什么呢？我是文科高中毕业的，生物、物理、化学是理科，我都不懂，你让我怎么学理科？其他人也有和我一样的，所以，三个逻辑课教室都满堂。我看这是变了样的，不对的。蔡元培先生也提出这个意见来，北大用另外一种方式来改变了一下，即用“科学方法”。大家都不熟悉。我 1930 年同时考北大、清华，北大出国文题就是“何谓科学方法？试分析评论之”。这是国文题，也不大对头。到今天，过了有六十多年了，现在的青年同学、青年学者，你们一定要通一门理科。我这么讲的原因，就是从学术发展来看，学术交融越来越明显。在最初，欧洲只有物理，只有化学、生物，分得清清楚楚，现在呢？物理化学、生物化学，已经交叉了。现在我看 21 世纪，文、理都很难分。所以文科必须用理科的知识，理科必须用文科的知识。这一点从学术发展的情况来看，绝对没有问题。21 世纪，文、理科到底会融合到什么程度？这个我不敢说。这是我对青年学生要求的第一点。

第二点，就是学文科、理科，不管是什么科的同学，你必须掌握好一门外语。听说写读译，五会，一会不行，二会不行，三会、四会也不行，必须五会，有了一门外语，研究学问，出国参加学术会议，都有好处。同时对你们研究学问有好处，不能满足于现状，那是不行的，必须与外语结合。具体地讲，就是英语。英语现在实际上是世界语，会了英语，走遍世界不困难。根据我的经验，就是走到苏联时碰到过一点困难。一过苏联边界，一到波兰，英文什么都解决了。苏联当时只讲俄文，我在那里还闹过一个笑话。因为我学过俄文，拿辞典勉强可以看书。但有一个词“香肠”我忽然忘了怎么说，在旅馆吃早点，想吃香肠，怎么比划，服务员都不懂，最后就没吃到香肠。学会英语走到哪儿都不会碰到困难。苏联只是一个特例。

第三，要不断扩大知识面，吸收新知识。现在我有点倚老卖老了，但是我还是报纸、杂志，都翻一翻。有的年龄和我相当的一些老先生，报纸也不看，杂志也不翻，那就有点玄乎。

最后一点，最好要能掌握电脑。电脑，我不会的，有人要教我，说 5 分钟包会，我说 5 分钟我也不干，我是老顽固。因为学电脑有个过程，因为我们写文章，舞文弄墨几十年，写的过程就是构思的过程，一改变工具，我这构思就没法构思，灵感就没有了。所以我没有办法，我说我现在就原样对付几年吧。你们年轻人一定要掌握电脑，新的通讯知识，一定要掌握。年轻人到 21 世纪要是缺乏刚才我说的这些基础，我觉得有点困难。现在我们就整个中国学术界来讲，人文社会科学我们现在还是有人，不能说没有人。不过有的学科有点后继无人，像北大这个学校，到明年 100 年了，当然要算的话，可以算 2000 年，从周朝开始，但是我们不那么算，从 1898 年算起。现在就是这样子，北大的台柱是哪个系？我没有研究过，办学不能平均撒胡椒面，要办出特点来，你不可能每个系都是全国第一，你要选那么几个重点出来。北大大家一致的意见是，全校重点应是文科的中文、历史、哲学。我们过去一个副校长王路宾，山东人，做过济南市委书记，公安厅长，他是搞理科的（我与他同时当副校长），但是我的文章他看。我问过他，路宾同志，你考虑要北大办出特点来，哪个系？他说：文、史、哲。就是蔡德贵他们这个杂志《文史哲》，这个道理是很正确。可最近，我们文、史、哲"水土流失"厉害，年轻人留不下，留下的呢，他没法养家，这都是实际问题。不过尽管这样，实际上一个系里边，真正有学问、有造诣、有声望的教授用不了多少，多了也用不着。年轻人，老、中、青这个班子，一个系里有十个八个二十个，就够了。这同国外的大学情况一样，你这个大学有没有名，你这个系有没有名，决定于教授。过去，我进的那个哥廷根大学，从19世纪末到20世纪20年代，是世界数学中心。不是德国的，是世界的。因为当时有两个大师，一个叫希尔伯特（David Hilbert），一个是Klein，还有高斯（Gauss），我去的时候高斯早已不在了，希尔伯特还活着。这几个人一不在，大学里的数学水平立刻就下降。如果有接班人可以，没有接班人立刻就下降。所以，我有个怪论，就是办学究竟应该怎么办？

北京大学现在举行百年校庆展览，来征求我的意见，我说我有个怪论，大学的组成部分有四部分：第一部分是教师；第二部分是学生，这个为主；第三部分是图书馆、实验室；第四部分，行政管理。行政管理怎么排在第四部分？这是因为第

三、第四部分是为第一、第二部分服务的。没有第一、第二部分，第三、第四部分没有存在的必要。他们觉得这也有道理。没有学生，没有教员，图书馆干么？实验室干么？行政班子干么？大学里学生是非常重要的，你招的学生的素质不一样，培养出来的学生，人与人之间就很不一样。要是你考进来的时候素质高，再加上教授的水平高，实验设备好，图书馆好，行政管理好，必然出人才，为我们国家建设，为我们学术发展，必然出人才。现在大家不愿意在学校，我感觉是暂时的。现在我们国家财政上有困难，我们应该体谅国家。工资我们跟外国人没法谈。就是香港大学的工资也没法比，我自己是知识分子，在知识分子堆里混了七八十年，我写过一篇文章《一个老知识分子的心声》，里边也有刺，也有牢骚，可是也有正面的。中国知识分子的最大特点是最爱国家，我说句不好听的话，我们老知识分子的爱国，恐怕比你们中年还要厉害。这话怎么讲呢？是唯物的。我们在解放前过过半封建半殖民地的生活，你们没过过。中国人在海外的，华侨最爱国，因为什么呢？因为他在国外，离我们中国，祖国，很远，但实际上给他以很大影响。1951 年，我到印度去访问，到了一个叫海德拉巴地方的一个中国餐馆，主人一定要请我们吃饭。我们那个团很大，是建国后第一个大型代表团，有很多名人，这么多人一定要请吃饭，我们问他为什么？他说，中华人民共和国一成立，我们在印度人眼中的地位立刻升高。你说他能不爱国吗？很简单，这是唯物的。年老的吃过那个苦头，你们年轻一点的不知道。

我刚才讲的，涉及业务的几个条件，都是我自己根据经验谈出的一点意见，仅供参考。谢谢大家。

1997 年 10 月

天人合一，文理互补*

各位贵宾、老师们、同学们：

让我坐着讲，是一种特权，因为我已经超过九十岁了，所以我安然享受这种特权。

今天我讲两个问题：第一个问题是21世纪全人类所面临的最重要的问题是什么。第二个是理科和文科互相渗透的问题。对这两个问题我都是野狐谈禅，也可能是胡说八道，请大家“批判”。

第一个问题，21世纪我们所面临的最重要的问题是什么？不但在中国，而且在全世界，大家可能有多种想法，现在我谈我自己的想法。大概若干年以来，究竟多少年没有计算过，我们这个地球村里面，自然界发生了很多过去没有或者比较罕

---

* 本篇为作者在首届北京大学文科论坛上的发言，原系记录整理稿，并经作者本人审定。

见的现象，比如气候变暖、淡水缺乏、生态平衡破坏、人口爆炸、动植物灭绝、臭氧层出洞、洪水泛滥、新疾病产生，等等。我们自己想一想，这些问题，如果有一个解决不了，我们人类的前途和发展就有困难。比如水，我们从来没有想到水会发生问题。北大就是一个例子。最近，我看了一篇文章讲：如果现在发生了世界大战，大家不是争油，而是争水。由此可见水的重要性。

这些问题是怎么来的呢？我先举两句话，一句是德国的伟大诗人歌德说的："大自然从未犯错误，犯错误的是人。"第二句是伟大的思想家恩格斯讲的："我们不要过分陶醉于我们对大自然的胜利，每一次胜利，自然界对我们都进行了报复。"这两句话很值得我们品味。第一句是说，自然界不犯错误，问题总发生在人的身上。第二句呢，自然界会报复。我前面举的许许多多的自然现象就是自然界对我们的报复。是不是该这样理解？

为什么自然界对我们报复呢？中国和欧洲对待自然的态度不同。我们中国讲人与自然应该和谐相处，就是"天人合一"。"天人合一"这个词儿在中国哲学史上是很重要的一个词儿，大家对它的解释很不一样。这是我的一个解释：天就是大自然，人就是人类。大自然与人类要和谐统一，不要成为敌人。宋代大哲学家张载有两句非常著名的话："民，吾同胞；物，吾与也"，简称"民胞物与"，"与"是"伙伴"的意思。这两句话言简意赅，涵义深远。

在欧洲情况有些不同。查一下英文字典，“征服”是“conquer”，举的例子是“conquer the nature”，把自然看作是敌对的，否则怎么会谈到“征服”呢？最近几百年来科学技术的发展，应该说，给人类带来了很大的福利。今天我们开会的这个地方，在以前能够想象吗？这就是西方科学技术带给我们的福利。但带给我们福利的同时，也产生了上面提到的诸多问题。他们以为自然是个奴隶，是可以征服的。这种想法和事实不符。刚才我说的那些现象就证明自然不能征服。我个人认为，这些问题或弊端之所以产生，其根源就在于“征服自然”。

那怎么办呢？我们人类的衣食住行所有的东西都是从大自然来的，我们只能向大自然伸手要，我们才能活。否则，我们就活不下去。不征服怎么办呢？只有一条路，就是：我们和自然作朋友，天人要合一。

中国古代也有征服自然的想法，荀子想制天，想能够胜天，能够战胜自然。但现在事实证明，你想征服自然，你想制天，必定为天所制。

天人合一不限于中国。在印度也是讲天人合一的，讲个人与宇宙是统一的。印度古代婆罗门教有一句著名的话：tat tvam asi。tat 就是英文的 that，指的是宇宙、大自然。tvam 意思是“你”，asi 的意思是“是”。这一句话的意思就是“你就是那个”，

“you are that”，也就是“你与宇宙大自然是一体的”，这也就是中国的“天人合一”。

我归纳东方文化的特点是天人合一。我们讲人和自然是一致的，不是敌对的。

第二个问题是文科和理科的问题。回顾一下北京大学校史，大概是1917年（具体的年份记不清楚了，发表的地方也需再查），蔡元培校长当时提出了一个意见：文科的学生必须学一门理科的课。这个意见后来怎么执行的呢？1917年，当时我只有6岁，不知道。后来，1930年，我考北大，考清华。当时北大出的国文题目非常奇怪：“何谓科学方法，试分析详论之”，这不像一个国文题。当时我听说北大文科的学生必须学一门科学方法的课来代替理科的课。文科的学生是文科高中毕业的，对理科实在很隔膜，所以文科学生必须学一门理科的课。当时就有一本书叫《科学方法论》，作者是化学家王星拱。

清华大学的做法不一样。清华大学出的国文题目是“梦游清华”。从这两个题目就可以看出来，北大和清华的校风很不一样。

当时我两个学校都考上了，因为想出国，想镀金，所以选了清华。那时我们出国和今天的不大一样，我们出国都想回来的，在国外镀镀金回来为国家服务。

我到了清华，学校要求文科的学生必选一门理科的课。如实在有困难的话，可用逻辑代替。当时教授不是太多，哲学系的三个教授，金岳霖、冯友兰、张崧年，都开了逻辑课。所以我们都用逻辑代替了。

蔡校长的想法是非常了不起的，但是我觉得我们的做法并没有体现出蔡校长原来的想法。将来怎么办？将来是否能体现？我们已经进入了21世纪，现在已是21世纪的第一年，新千年的第一年，文科和理科的关系怎么处理？刚才何芳川副校长讲的一句话叫文理互补。文科来补理科，理科来补文科。这句话讲得非常好。我想是不是可以再进一步，文理不但互补，而且互相渗透。这就非常困难啦。

我理科的知识不如在座的各位同学，具体我讲不出来，只有胡思乱想。

互补怎样补法呢？一个是文科学生学一点理科的课，比如学哲学的要学一门理科的课。不仅要互补，还要互相渗透。21世纪要发展社会科学，推进理论创新，非文理结合不可。新世纪才过了十个月，还有九十九年零两个月，大家可以有很多的时间来考虑这个问题。

现在报纸上老讲网络与基因。理科同学可能理解的多一些，文科的可能理解的少一些。我是外行，不懂。有一天我突然看到一篇文章，说基因有坏基因、好基因，有善有恶，这就比较有趣了。

我们中国哲学讲性恶性善。孟子讲性善，荀子讲性恶。讲了几千年，不是讲性善的就是讲性恶。当时，我自己有一个想法，就是性不能有善恶，什么原因呢？人就是动物，动物都有本能。鲁迅把本能归纳为：第一要温饱，第二要发展，第三要传宗接代。动物植物都这样。北大有一种草，你走过就会粘到你身上。这是干嘛？目的为传宗接代。桃为什么是甜的？苦的不好吗？甜的，人吃了以后，把桃核丢出去，传宗接代。动植物都有这种本能。中外的圣人都讲究道义，说一个人的本能不能过分发展，不能影响别人。影响别人，这个社会就无法存在。我们要自由，将北京的红绿灯都去掉，够自由了吧？但是，这样北京能存在一天吗？汽车不相撞吗？影响别人，你自己也发展不了。

基因有好的坏的。我家有个亲戚，四代包括外孙都长得很漂亮，这是为什么，别的家族没有这么漂亮？这是不是好基因，我不知道。

清华有两位大家，一位是大物理学家李政道，也是北大的教授；一位是大画家吴冠中，刚在中国美术馆搞了一个科学与艺术展，还出了一本书。展览会和书我都看了，说的是艺术和科学的相通之处。《光明日报》登过一个书评，评《物理学与艺术》，讲的是同一个问题。开座谈会时，北大物理系的一位教授参加了。我看了一下他们讨论的结果。人文科学和自然科学绝不像以前讲的那样泾渭分明。从一部科学史可以看到，科学越来越深化，越来越分化。最早的时候，只有哲学，后来分出物理、化学，再后来生物化学、物理化学等边沿学科越来越多。到了21世纪，我想边沿学科还要增加，增加的同时文科和理科的互相渗透能不能达到？我想真要创新，应该从这地方创起。

2001年11月2日

新世纪新千年寄语

人们往往有这样的经验：过去带来惆怅，现在带来迷惘，未来带来希望。

现在，一个新世纪、新千年就要来到我们眼前了。这正是人们让幻想驰骋对未来提出希望的最佳时刻。

在我国报刊、杂志上，在开会的发言中，人们确实已经提出了五花八门的希望。我想，全世界恐怕也是这个样子吧。许多政治家、文学家、艺术家、学者、商业界的人士等等都提出了自己的希望：希望政治如何如何，希望经济如何如何，希望文学如何如何，希望学术如何如何，希望人文素质如何如何，让人眼花缭乱，煞是热闹。然而独独没有人，至少是很少有人提出如何处理好人与大自然的关系问题，而我个人认为，这才是未来的关键。

恩格斯在《自然辩证法》中说：“我们不能过分陶醉于我们对自然界的胜利，对于每一次这样的胜利，自然界都报复了我们。”恩格斯真不愧是马克思主义奠基人之一。在一百多年以前，当时自然界对人类的报复还不太显著，或者只能说是初露端倪；可是伟大的恩格斯已经注意到了，而且给世人敲响了警钟。对这样天才的预见和警告，我们能不五体投地地赞佩吗？

眼前世界的形势已经充分证明了恩格斯预见之伟大与睿智。许多自然界的和人类社会的现象已经充分证明了自然界正在日益强烈地对我们人类进行着报复，稍有头脑的人都能看到，例子是不胜枚举的。

然而我们的反应怎样呢？除了少数有识之士外，大多数人，包括一些国家的领导人在内还在懵懵懂懂，驰骋于蜗角，搏斗于蚁冢。美国在演着总统选举的闹剧，中东在演着巴以冲突的悲剧，全球狼烟四起，板荡混乱，如果真有一个造物主的话——我不相信真有——他站在宇宙某一个地方，俯视地球村里的几台大戏正在演得红红火火，难道他不会像我们人类一样，看到地上的蚁群厮杀，积尸满地，流血——蚂蚁不知有血没有？——成沟，不禁莞尔而笑吗？

我虔诚希望，我们人类要同大自然成为朋友，不要再视它为敌人，成了朋友以后，再伸手向它要衣，要食，要一切我们需要的东西。

这就是我的新千年寄语。

2000 年 12 月 11 日

一点希望

《笔会》到了知命之年了，这首先应当热烈祝贺。过去50年并不是风平浪静的50年。尽管我们的建设取得了很大的成绩；但是走过来的道路并不平坦。有时候黑云压城，有时候惊涛骇浪，而《笔会》竟能健康地活了下来，青春犹在，锐意未消，前途仍然如火如荼，《笔会》的朋友们谁不会为之欢欣鼓舞呢？

我也自命为《笔会》的朋友，既是读者，又是作者。《笔会》的主编不满足于过去的成绩，值此新千年，新世纪开始之际，发出了征文启事，希望《笔会》的朋友们提出新的希望，我也在被“征”之列。根据我在上面说到的情况，自己也对《笔会》提出点希望，不管这希望多么平庸，是义不容辞的事。

编者在征文启事中提出了“进一步贴近时代，走近读者”。我个人认为这要求提得具体，提得及时，提得精辟，提得高明，我就从“贴近时代”谈起吧。

历史是一条切不断的长河，但又确实有时代可分。新世纪的时代是什么样子，我们目前很难确说。但它一定是眼前时代的继续和发展，则是毫无疑义的。眼前这个时代是成绩很大，问题也有。在学术界和文学艺术界，眼前最令人关注的是提高人民的，特别是青年的人文素质。这个问题任重道远，解决起来，并不容易。参与这一项工作是不容推卸的责任。但是《笔会》是发表文学作品的副刊，而不是可以正面说教的理论周刊，只能采用潜移默化，润物无声的方式来达到目的。文章必须能促使人们爱祖国，爱人类，爱生活，爱生命，以及爱一切所应该爱的事物；必须能提高人们的精神境界，使人奋发图强，永远向上。

我有一个想法，已经在许多文章中表达过。我认为，人生有三大责任：处理好人与大自然的关系，处理好人与人的关系，处理好个人心中思想与感情的矛盾问题。就眼前来看，处理好人与大自然的关系实在是焦点。这个问题处理不好，必影响人类生存前途。我们的《笔会》对这个问题也决不应袖手旁观。

以上就是我的一点希望。

2000 年 12 月 3 日

一个值得担忧的现象
——再论包装

我在这里写的“值得担忧”，不限于中国，而是全世界。

我曾在本刊上写过一篇《论包装》的文章，内容主要是谈外面包装极大而里面的商品极小的问题。现在这一篇《再论包装》，主要谈的是外面包装和里面商品的价值问题。重点有所不同，而令人担忧则一也。

我先举一个小例子。

最近有友人从山东归来，带给我了一些周村烧饼。这是山东周村生产的一种点心。作料异常简单，只不过一点面粉、一点芝麻，再加上一点糖或盐，用水和好，擀成薄皮，做成圆饼，放在炉中烤干，即为成品，香脆可口，远近闻名，大概已经有几百年的历史了。因为成本极低，所以价钱不高。过去只是十个或八九个一摞，用白纸一包，即可出售。烧饼吃完，把纸一揉，变成垃圾，占地也不多。

常言道："士别三日，当刮目相看。"岂知这一句话也能应用到周村烧饼身上。现在友人送给我的这些烧饼，完全换了新装，不是白纸，而是铁盒，彩绘烫金，光彩夺目。夥颐！我的老朋友阔起来了！我不禁大为惊诧。

在惊诧之余，我又不禁忧心忡忡起来。我不是经济学家，这里也用不着经济学。只草草地估算一下，那几个烧饼能值几个钱？这金碧辉煌的铁盒又能值多少钱？显然后者比前者要贵得多。可是哪一个有使用价值呢？又显然只是前者。烧饼吃下去，可以充饥，可以转变成营养成分，增强人的身体。铁盒，如果只有一两个的话，小孩子可以拿着玩一玩。如果是成千上万的话，却只能变成了垃圾，遭人遗弃。《论包装》中提到的那一些大而无当的包装，把其中小小的一点商品取出来后，也都成为垃圾。

这有点像中国古书上的一个典故："买椟还珠。"但是，这个典故不过是讥笑舍本逐末，取舍不当而已，那个椟还是有用的，决不会变成垃圾。

古代人生活简朴，没有多少垃圾，也决不会自己制造垃圾。到了今天，人类大大地进步了。然而却越来越蠢了，会自己制造垃圾，以致垃圾成为一个世界性问题。每一个国家的政府都为处理垃圾而大伤脑筋，至今也还没有能找到一个行之有效的办法。如此持续下去，将来的人类只能在垃圾堆里讨生活了。

但是，还有更严重的问题。人类衣、食、住、行的资料都取之于大自然。但是，小小的一个地球村里资源毕竟是有限的。当年苏东坡说："惟江上之清风，与山间之明月，耳得之而为声，目遇之而成色，取之无禁，用之不竭，是造物之无尽藏也。"东坡认为造物无尽藏，是不正确的。造物是有尽藏的，用之是有竭的。可惜到了今天，世人还多是浑浑噩噩，懵懵懂懂，毫无反思悔改之意。尤其是那一个以世界警察自居的大国，在使用大自然资源方面，肆无忌惮地浪费，真不禁令人发指。有识之士已经感觉到，人类已经是"盲人骑瞎马，夜半临深池"，但感觉到这种危险者不多。这是事实，并不是我一个人的杞忧。

我希望有聪明智慧的中国人，悬崖勒马，改弦更张，再也不制造那一种大而无当的商品包装和那种金碧辉煌的商品铁盒，给我们的子孙后代多留下一点大自然的资源。

2002年5月10日

同大自然交朋友

恩格斯在《自然辩证法》一书中说过一段话，意思是说：我们不要过分陶醉于我们对自然的胜利，因为每一次大自然都进行了报复。

这一段话说得何等好啊！何等准确，何等透彻！一直到今天，一百多年以后了，读起来还那样虎虎有生气。

从历史上来看，人类最初也属于大自然。一种什么动物（猿之类？）闹独立性，终于变成了人，公然与大自然分庭抗礼了。在中国思想史上，这称之为天人关系，“天”在这里代表的就是大自然。我在别的地方讲过：人一生有三大任务，正确处理天人关系，正确处理人与人的关系，也就是所谓社会关系，正确处理个人心中思想感情的矛盾问题。

人类要想生存，必须有衣食住行等方面的物质供应，这种供应只取之于大自然。这里就出现了一个对待大自然的态度问题。态度千差万别；但是综而观之，不出两途：一东一西。东方主张天人合一，人与大自然要成为朋友，不要成为敌人。宋代大儒张载说：“民，吾同胞；物，吾与也。”充分体现了这种精神。西方一般倾向于“征服自然”。这是由东西两土文化体系的根本思维模式所决定的。

西方，特别是在产业革命以后，热衷于征服自然。征服的确有成绩，科学技术飞速发展，人民生活迅速改善。但是，大自然的报复也随之而来。例子俯拾皆是，比如物种灭绝、生态失衡、人口爆炸、地球变暖、淡水匮乏、新疾病产生、臭氧出洞等等。这些弊端发展下去，将会影响人类发展的前途，这是十分明显的。前一阵子，世界上一些国家遭受“非典”的袭击，不也应该看做是大自然的报复手段之一吗？

救之之方并不复杂，无非是改弦更张，改恶向善，同大自然交朋友，不再征服自然。

2003年6月24日

关于水的断想

在我一生中，有七十多年的时间，我认为水，同江上的清风，山间的明月一样，是取之不尽，用之不竭的。一直到七十岁的光景，我才听到北京市的一位老领导说，北京市水的问题如不能很好地解决，北京市将要迁都。这真是闻所未闻，给我击一猛掌。

试问谁能一天离得开水，喝要用水，做饭要用水，洗洗涮涮要用水，浇花也要用水，盈天下者无不用水矣。然而水源却是有限的。地面上的水用光，就索之于地下。连年北京地下水位下降得令人吃惊。原来碧波潋滟、藻荇摇曳的玉泉山宫墙外的小河，早已杂草丛生，成为狐鼠出没之地矣。其他城市的名泉名河，也遭到同样的厄运，长此以往，将何以堪！

北京盛传南水北调之说，黄河空前地断流达一百多天，已不够被调的资格。“黄河之水天上来，奔流到海不复回。”现在已成陈迹，用不着到海，已中流止步，远而求诸长江，据说也有问题。何去何从？真够当局者伤脑筋的了。

今年空前的大水灾，虽曰天灾，岂非人祸哉！从报纸上看到，政府有关当局已经意识到这个问题的真正原因，号召全国，特别是江河源头的居民，不要再胡乱砍伐树木。据报载，长江发源地区的原始森林，已经被砍伐得不成样子了。一有暴雨，则洪水流窜，没有森林和林中的草被加以阻挡，一往无前，势如破竹，洪水细流终于汇成巨流，乘势而下，流入长江，最终酿成了极大的水柱，大自然这玩意儿是能够报复而且惩罚的。当局下令禁止砍伐，然而令不行，禁不止，当地居民只顾眼前细小的微利，文化水平和道德水平都低到可怜的地步，听说至今仍然照砍不误，言念及此，怎不令人忧心忡忡！

无独有偶。南美洲的亚马逊河流域有一片据说是世界上最大的原始森林，它的存在能影响世界气候。然而，土人或外来的侵略者无知贪婪，从事砍伐，已有多年。至今虽有有识之士发出了警告，但仍砍伐不止。一旦砍尽，则世界气候会变成什么样子，很难预料了。

现在，全世界都嚷着缺水，中东沙漠地带，原来就缺水，这还有话可说。原来水源充足的地方，由于人为的污染，也是水难饮，而世界人口的增长尚无止境。看来人类真已经到了“盲人骑瞎马，夜半临深池”的地步；然而，无知群众仍然照旧浪费淡水，污染淡水；照旧嬉戏游乐，无动于衷，宛如羲皇上人。有人甚至推想，下一世纪，如果再发生世界战争的话，必然是争水的战争。我虔心祷祝，但愿事情不致如此。

1999 年 3 月 22 日

同声相求
——参加印度蚁垤国际诗歌节有感

"嘤其鸣矣，求其友声。"——《诗经·小雅·伐木》

二月末的新德里，虽然今年气温偏高，到处繁花似锦，绿草如茵，在印度人心目中，正是春光明媚的大好时节。正在此时，两个国际性的盛会在这里召开，其中之一就是蚁垤国际诗歌节。

顾名思义，这个会的唯一内容是诗歌。来自全世界二十八个国家的六七十名代表，聚集一堂，群贤毕至，少长咸集，相向朗诵自己的诗作。这样命名、有这样多国家参加的大会据说是空前的。印度总统和副总统，以及各国使节都亲临参加，其重要性可以想见。

参加大会的人，肤色不同，语言各异，政治信念也不相同；但有一点却是共同的，这就是，大家都是诗人。就算都是诗人吧，大家对诗歌的理解，对诗歌的作用的看法也不尽相同。但也有一点是共同的，这就是印度总统在给印度与世界文学国际讨论会的祝词中所表达的信念：保卫世界和平，促进彼此的了解。

我从来不是诗人，但是我从来就喜欢诗歌，中国的和外国的我都喜欢。给自己脸上涂点金，就称做“门外诗人”吧。我自己是以“门外诗人”的资格来参加这一个国际诗歌节的。“门外诗人”毕竟不是诗人，我最初对这些诗人的做法有点感到奇怪：他们不把自己关在庄严典雅的会议厅里，行礼如仪，点名发言，循规蹈矩，彬彬有礼；而是走出大厅，在尼赫鲁总理故居的大花园里碧绿的草地上搭起了凉棚，在大自然的怀抱中，朗诵诗篇。我一走进凉棚，就为这自然环境所感染，内心的境界似乎提高了一步，更接近诗人，对诗人的做法深表同意了。

但是，就是这样，诗人们还认为同大自然接近不够。主其事者援引诗翁泰戈尔的做法，建议走出凉棚，干脆坐在大树下，草地上。大家立即同意，在极其宽敞的大草地选了一个合适的地点。在离开这里不远的一块草坪里，点燃着一团长明的圣火，大概是为了纪念已故总理尼赫鲁的。太阳在蔚蓝的天空里发出光辉，大树和棕榈树的阴影落在我们身上，暮春的风从百花丛中吹出，带着芬芳的香气，知名的和不知名的大鸟和小鸟在树枝上歌唱、跳跃。在下面，各国的男女诗人引吭朗诵，声音回荡在绿树丛中，百花枝头。小鸟呢喃的鸣声与诗人高亢的诵诗声上下唱和，人与大自然浑然一体，借用一个也许是不太恰当的词儿，大有天人合一之概了。

一说到鸟，我就难免有一些感慨。现在在北京，有些鸟几乎已经成为稀有动物。就拿北京大学来说吧，此地极饶林泉之胜，过去鸟是非常多的。可是近几年来，一方面由于污染，一方面由于滥杀滥捕，连最常见的、有的甚至惹人厌烦的麻雀都少见了，稀有的鸟更不用说了。在印度，情况却正相反。由于宗教信仰，印度人民不杀生，鸟类自然包括在内。连顽皮孩子也不会捕捉、杀害任何一只鸟。在几千年的长时期中，鸟类已经同人类有了默契，知道人类不会伤害自己，因而不存戒心。新德里空气污染也是严重的。当我住在迦腻色迦旅馆十二层楼上时，开窗一望，烟尘滚滚。但是，老鹰和鸽子等却在烟尘中自在飞翔，宛如飞翔在云中一般。每天我一开窗子，鸽子就会成双成对地飞进屋中，傲然坦然，旁若无人。它们躲在沙发下面，咕咕地叫个不停，大概是在谈情说爱吧。诗人们朗诵诗的尼赫鲁故居的大花园当然更成了鸟的天堂。此时，鸟儿们似乎心领神会，知道是诗人们诵诗，歌唱得更加起劲。诗人们也似乎心领神会，兴会无前。我自己身处其间，似乎进一步受到感染，虽非诗人，胸中却诗意盎然，更接近一个诗人了。

大家都知道，在古今中外的诗歌中，鸟儿占有极其重要的地位。我们甚至可以说，离开鸟儿，有些诗就写不出。中国旧诗词里有许多与鸟有关的名句，例如：“鸟鸣山更幽”、“众鸟高飞尽”、“时鸣春涧中”、“处处闻啼鸟”、“兴阑啼鸟尽”，等等。有的诗词说出了某一种具体的鸟，例如：“落花人独立，微雨燕双飞”等等。这样的例子是举不胜举的。诗歌真是同鸟结下了不解的缘分。缺了鸟，有些诗人就缺了灵感。我因此大发杞忧。鸟儿们在现在中国的处境如果任其发展下去，至少有一些鸟会陷入绝种的危险。到那时候，我们的诗歌会受到威胁，这是显而易见的了。

这也许只是我个人的胡思乱想，其他国家的诗人未必会有这样的想法。据我的观察，诗人们尽管语言多么不同，诗歌的内容多么不同，政治信念多么不同；但是他们的感情是融洽的，相处是欢乐的。他们通过诗歌求其友声，同声相求。即使难免有一些细微的不协调，但是在保卫世界和平、增强相互了解这个巨大的友声面前，大家目标一致，信念相同，共同的语言越来越多了。

我再说一句，我不是诗人，参加这样的诗歌节，只能说是滥竽充数。主人一再邀请我朗诵诗歌，我都婉谢。但是，我自己感觉到，在新德里这样有八节长春之草、四时不谢之花的地方，又有世界各地的诗人，在诗歌友声的熏陶下，我心中的诗意日益高涨，如果这个国际诗歌节能延长到半年一年，我自己难道不也会变成一个诗人吗？我在探讨这个问题。

1985 年 3 月 18 日

社会和睦

谈　孝

孝，这个概念和行为，在世界上许多国家中都是有的，而在中国独为突出。中国社会，几千年以来就是一个宗法伦理色彩非常浓的社会，为世界上任何国家所不及。

中国人民一向视孝为最高美德。嘴里常说的，书上常讲的三纲五常，又是什么三纲六纪，哪里也不缺少父子这一纲。具体地应该说“父慈子孝”是一个对等的关系。后来不知道是怎么一来，只强调“子孝”，而淡化了“父慈”，甚至变成了“天下无不是的父母”。古书上说：“身体发肤，受之父母。”一个人的身体是父母给的，父母如果愿意收回去，也是可以允许的了。

历代有不少皇帝昭告人民：“以孝治天下。”自己还装模作样，尽量露出一副孝子的形象。尽管中国历史上也并不缺少为了争夺王位导致儿子弑父的记载，野史中这类记载就更多。但那是天子的事，老百姓则是绝对不能允许的。如果发生儿女杀父母的事，皇帝必赫然震怒，处儿女以极刑中的极刑：万剐凌迟。在中国流传时间极长而又极广的所谓“教孝”中，就有一些提倡愚孝的故事，比如王祥卧冰、割股疗疾等等都是迷信色彩极浓的故事，产生了不良的影响。

但是中华民族毕竟是一个极富于理性的民族，就在已经被视为经典的《孝经·谏诤章》中，我们可以读到下列的话：

> 昔者，天子有诤臣七人，虽无道，不失其天下；诸侯有诤臣五人，虽无道，不失其国；大夫有诤臣三人，虽无道，不失其家；士有诤友，则身不离于令名；父有诤子，则身不陷于不义。故当不义，则子不可以不诤于父，臣不可以不诤于君；故当不义，则诤之，从父之令，又焉得为孝乎？

这话说得多么好呀，多么合情合理呀！这与“天下无不是的父母”这一句话形成了鲜明的对立。后者只能归入愚孝一类，是不足取的。

到了今天，我们应该怎样对待孝呢？我们还要不要提倡孝道呢？据我个人的观察，在时代变革的大潮中，孝的概念确实已经淡化了。不赡养老父老母，甚至虐待他们的事情，时有所闻。我认为，这是不应该的，是影响社会安定团结的消极因素。我们当然不能再提倡愚孝；但是，小时候父母抚养子女，没有这种抚养，儿女是活不下来的。父母年老了，子女来赡养，就不说是报恩吧，也是合乎人情的。如果多数子女不这样做，我们的国家和社会能负担起这个任务来吗？这对我们迫切要求的安定团结是极为不利的。这一点简单的道理，希望当今为子女者三思。

1999 年 5 月 14 日

让我充满敬意的孩子

有道是老马识途，又说姜是老的辣。意思无非是说，人老了，识多见广，没有没见过的东西。如今我已年逾古稀，足迹遍三大洲，见到的人无虑上千，上万，甚至上亿。但是我却从来没有见过这样一个影子似的孩子。

什么叫影子似的孩子呢？我来到庐山，在食堂里，坐定了以后，正在大嚼之际，蓦抬头，邻桌上已经坐着一个十几岁的西藏男孩，长着两只充满智慧的机灵的大眼睛，满脸秀气，坐在那里吃饭。我根本没有注意到他是什么时候进来的，没有一点声息，没有一点骚动。我正在心里纳闷，然而，一转眼间，邻桌上已经空无一人，没有一点声息，没有一点骚动，来去飘忽，活像一个影子。

最初几天，我们乘车出游，他同父母一样，从来不参加的。我心里奇怪：这样一个十几岁的男孩子，不知道闷在屋里干些什么？他难道就不寂寞吗？一直到了前几天，我们去游览花径、锦绣谷和仙人洞时，谁也没有注意到，车子上忽然多了一个人，他就是那个小男孩。他一句话也不说，没有一点声息，没有一点骚动，沉静地坐在那里，脸上浮现着甜蜜温顺的笑意，仍然像是一个影子。

从花径到仙人洞是有名的锦绣谷，长约一公里，左边崇山峻岭，右边幽谷深涧，岚翠欲滴，下临无地，目光所到之处，浓绿连天，是庐山的最胜处。道狭人多，拥挤不堪，我们这一队人马根本无法走在一起。小男孩同谁也不结伴，一个人踽踽独行。有时候，我想找他，但是万头攒动，宛如汹涌的人海，到哪里去找呢？但是，一转瞬间，他忽然出现在我们身旁。两只俊秀的大眼睛饱含笑意，一句话也不说，一点声息也没有。可是，又一转瞬，他又不知消逝到何方了。瞻之在前，忽然在后，飘忽浮动，让人猜也猜不透。等到我们在仙人洞外上车的时候，他又飘然而至，不声不响，活像是我们自己的影子。

又一次，我们游览龙宫洞，小男孩也去了。进了洞以后，光怪陆离，气象万千。我们走在半明半暗的洞穴里，目不暇接。忽然抬头，他就站在我身旁。可是一转眼又不见了。等我们游完了龙宫，乘坐过龙船以后，我想到这小男孩又不知道跑到哪里去了。但是，正要走出洞门，却见他一个人早已坐在石桌旁边，静静地在等候我们，满脸含笑，不声不响，又活像是我们的影子。

我有时候自己心里琢磨：这小男孩心里想些什么呢？前两

天，我们正在吃饭的时候，忽然下了一阵庐山式的暴雨，白云就在门窗间飘出飘进，转瞬院子里积满了水，形成了小小的瀑布。我们的餐厅同寝室是分开来的。在大雨滂沱中，谁也回不了寝室，都站在那里着急，谁也没有注意到，这小男孩已经走出餐厅，回到寝室，抱来了许多把雨伞，还有几件雨衣，一句话也不说，递给别人，两只大眼睛满含笑意，默默无声，像是我们的影子。我心中和眼前豁然开朗：在这个不声不响影子似的孩子的心中，原来竟然蕴藏着这样令人感动的善良与温顺。我不禁对这个平淡无奇的孩子充满了敬意了。

我从来不敢倚老卖老，但在下意识中却隐约以见过大世面而自豪。不意在垂暮之年，竟又开了一次眼界，遇到了这样一个以前自己连做梦都不会想到的影子似的孩子。他并没有什么惊人之举，衣饰举动都淳朴得出奇，是一个非常平凡的小男孩。然而，从他身上，我们不是都可以学习到一些十分可贵的东西吗！

1986年8月3日于庐山

人间自有真情在

前不久，我写了一篇短文《园花寂寞红》，讲的是楼右前方住着的一对老夫妇，男的是中国人，女的是德国人。他们在德国结婚后，移居中国，到现在已将近半个世纪了。哪里想到，一夜之间，男的突然死去。他天天侍弄的小花园，失去了主人。几朵仅存的月季花，在秋风中颤抖，挣扎，苟延残喘，浑身凄凉、寂寞。

我每天走过那个小花园，也感到凄凉、寂寞。我心里总在想：到了明年春天，小花园将日益颓败，月季花不会再开。连那些在北京只有梅兰芳家才有的大朵的牵牛花，在这里也将永远永远地消逝了。我的心情很沉重。

昨天中午，我又走过这个小花园，看到那位接近米寿的德国老太太在篱笆旁忙活着。我走近一看，她正在采集大牵牛花的种子。这可真是件新鲜事儿。我在这里住了三十年，从来没有见到过她侍弄过花。我曾满腹疑团：德国人一般都是爱花的，这老太太真有点个别。可今天她为什么也忙着采集牵牛花的种子呢？她老态龙钟，罗锅着腰，穿一身黑衣裳，瘦得像一只螳螂。虽然采集花种不是累活，她干起来也是够呛的。我问她，采集这个干什么？她的回答极简单："我的丈夫死了，但是他爱的牵牛花不能死！"

我心里一亮，一下子顿悟出来了一个道理。她男人死了，一儿一女都在德国。老太太在中国可以说是举目无亲。虽然说是入了中国籍，但是在中国将近半个世纪，中国话说不了十句，中国饭吃不惯。她好像是中国社会水面上的一滴油，与整个社会格格不入，平常只同几个外国人和中国留德学生来往，显得很孤单。我常开玩笑说：她是组织上入了籍，思想上并没有入。到了此时，老头已去，儿女在外，返回德国，正其时矣。然而她却偏偏不走。道理何在呢？我百思不得其解。现在，一个非常偶然的机会让我看到她采集大牵牛花的种子。我一下子明白了：这一切都是为了死去的丈夫。

丈夫虽然走了，但是小花园还在，十分简陋的小房子还在。这小花园和小房子拴住了她那古老的回忆，长达半个世纪的甜蜜的回忆。这是他俩共同生活过的地方。为了忠诚于对丈夫的回忆，她不肯离开，不忍离开。我能够想象，她在夜深人静时，独对孤灯。窗外小竹林的窸窣声，穿窗而入。屋后土山上草丛中秋虫哀鸣。此外就是一片寂静。丈夫在时，她知道对面小屋里还睡着一个亲人，使自己不会感到孤独。然而现在呢，那个人突然离开自己，走了，永远永远地走了。茫茫天地，好像只剩下自己孤零一人。人生至此，将何以堪！设身处地，如果我处在她的位置上，我一定会马上离开这里，回到自己的祖国，同儿女在一起，度过余年。

然而，这一位瘦得像螳螂似的老太太却偏偏不走，偏偏死守空房，死守这一个小花园。我知道：这一切都是为了死去的丈夫。

这一位看似柔弱实极坚强的老太太，已经走到了人生的尽头。这一点恐怕她比谁都明白。然而她并未绝望，并未消沉。她还是浑身洋溢着生命力，在心中对未来还充满了希望。她还想到明年春天，她还想到牵牛花，她眼前一定不时闪过春天小花园杂花竞芳的景象。谁看到这种情况会不受到感动呢？我想，牵牛花而有知，到了明年春天，虽然男主人已经不在了，但它一定会精神抖擞，花朵一定会开得更大，更大，颜色一定会更鲜，更艳。

1992 年 9 月 20 日

两行写在泥土地上的字

夜里有雷阵雨，转瞬即停。“薄云疏雨不成泥”，门外荷塘岸边，绿草坪畔，没有积水，也没有成泥，土地只是湿漉漉的。一切同平常一样，没有什么特异之处。

我早晨出门，想到外面呼吸点新鲜空气，这也同平常一样，并没有什么特异之处。然而，我的眼睛一亮，蓦地瞥见塘边泥土地上有一行用树枝写成的字：

季老好　98级日语

回头在临窗玉兰花前的泥土地上也有一行字：

来访　98级日语

我一时懵然，莫名其妙。还不到一瞬间，我恍然大悟：98级是今年的新生。今天上午，全校召开迎新大会；下午，东方学系召开迎新大会。在两大盛会之前，这一群（我不知道准确数目）从未谋面的十七八九岁男女大孩子们，先到我家来，带给我无法用言语形容的这一番深情厚谊。但他们恐怕是怕打扰我，便想出了这一个惊人的匪夷所思的办法，用树枝把他们的深情写在了泥土地上。他们估计我会看到的，便悄然离开了我的家门。

我果然看到他们留下的字了。我现在已经望九之年，我走过的桥比这一帮大孩子走过的路还要长，我吃过的盐比他们吃过的面还要多，自谓已经达到了“悲欢离合总无情”的境界。然而，今天，我一看到这两行写在泥土地上的字，我却真正动了感情，眼泪一下子涌出了眼眶，双双落到了泥土地上。

我是一个平凡的人，生平靠自己那一点勤奋，作出了一点微不足道的成绩。对此我并没有多大信心。独独对于青年，我却有自己一套看法。我认为，我们中年人或老年人，不应当一过了青年阶段，就忘记了自己当年穿开裆裤的样子，好像自己一下生就老成持重，对青年总是横挑鼻子竖挑眼。我们应当努力理解青年，同情青年，帮助青年，爱护青年。不能要求他们总是四平八稳，总是温良恭俭让。我相信，中国青年都是爱国的，爱真理的。即使有什么“逾矩”的地方，也只能耐心加以劝说，惩罚是万不得已而为之的。一个国家，一个民族，如果对自己的青年失掉了信心，那他就失掉了希望，失掉了前途。

我常常这样想，也努力这样做。在风和日丽时是这样，在阴霾蔽天时也是这样。这要不要冒一点风险呢？要的。但我人微言轻，人小力薄，除了手中的一支圆珠笔以外，就只有嘴里那三寸不烂之舌，除了这样做以外，也没有别的办法。

大概就由于这些情况，再加上我的一些所谓文章，时常出现在报刊杂志上，有的甚至被选入中学教科书，于是普天下青年男女颇有知道我的姓名的。青年们容易轻信，他们认为报刊杂志上所说的都是真实的，就轻易对我产生了一种好感，一种情意。我现在几乎每天都能收到全国各地，甚至穷乡僻壤、边远地区青年们的来信，大中小学生都有。他们大概认为我无所不能，无所不通，而又颇为值得信赖，向我提出各种各样的问题，有的简直石破天惊，有的向我倾诉衷情。我想，有的事情他们对自己的父母也未必肯讲的，比如想轻生自杀之类，他们却肯对我讲。我读到这些书信，感动不已。我已经到了风烛残年，对人生看得透而又透，只等造化小儿给我的生命画上句号。然而这些素昧平生的男女大孩子的信，却给我重新注入了生命的活力。苏东坡的词说："谁道人生无再少？门前流水尚能西。休将白发唱黄鸡。"我确实有"再少"之感了，这一切我都要感谢这些男女大孩子们。

东方学系98级日语专业的新生，一定就属于我在这里所说的男女大孩子们。他（她）们在五湖四海的什么中学里，读过我写的什么文章，听到过关于我的一些传闻，脑海里留下了我的影子。所以，一进燕园，赶在开学之前，就迫不及待地把自己那一份情意，用他们自己发明出来的也许从来还没有被别人使用过的方式，送到了我的家门来，惊出了我的两行老泪。我连他们的身影都没有看到，我看到的只是清塘里面的荷叶。此时虽已是初秋，却依然绿叶擎天，水影映日，满塘一片浓绿。回头看到窗前那一棵玉兰，也是翠叶满枝，一片浓绿。绿是生命的颜色，绿是青春的颜色，绿是希望的颜色，绿是活力的颜色。这一群男女大孩子正处在平常人们所说的绿色年华中，荷叶和玉兰所象征的正是他们。我想，他们一定已经看到了绿色的荷叶和绿色的玉兰，他们的影子一定已经倒映在荷塘的清水中。虽然是转瞬即逝，连他们自己也未必注意到。可他们与这一片浓绿真可以说是相得益彰，溢满了活力，充满了希望，将来左右这个世界的，决定人类前途的正是这一群年轻的男女大孩子们。他们真正让我"再少"，他们在这方面的力量决不亚于我在上面提到的那些全国各地青年的来信，我虔心默祷——虽然我并不相信——造物主能从我眼前的八十七岁中抹掉七十年，把我变成一个十七岁的少年，使我同他们一起学习，一起娱乐，共同分享普天下的凉热。

1998 年 9 月 25 日

白衣天使新赞

我曾写过一篇赞白衣天使的短文。目标只停留在护士身上，所见不广，所论必浅。

最近一两年来，我自己申报为生病专业户。皇天后土，实加佑护。身上这里起个泡，明天那里又起了包。看起来眼花缭乱，实际上性命却丢不了。我衷心窃自怡悦，觉得这个职业算是选对了。

有生病专业户，就必然有它的对立面治病专业户，这就是广义的白衣天使。这一个群体，到处救死扶伤，治病救人，毫不利己，专门利人，他们是最可爱的人。

我甚至想入非非，觉得这一批天使，在他们决心学医的时候，就证明他们是有宿根、宿愿的，这种宿根、宿愿，与“我不入地狱，谁入地狱”有密切联系。

我在上面提到，毫不利己，专门利人，这两句话是我们有时会听到的。几十年来，我们从大小领导人嘴里常常听到这两句话。然而这两句话究竟有多大分量呢？好像不大有人去考虑过。

人是动物之一，一切动物的本能就是，一要生存，二要温饱，三要发展（传宗接代）。要想克服这些本能性的东西，谈何容易！

根据我多年来的观察和体验，我觉得，在多少年来形成的成百上千的职业行当中，最与毫不利己、专门利人接近的是大夫，也就是白衣天使。试想，一个病人和一个大夫相对而坐。此时病人的唯一愿望是把病治好，大夫唯一的愿望也是把病人的病治好，两个人的愿望完全一致，欲不毫不利己、专门利人，岂可得乎？

近几年来，自从我申报为生病专业户以后，我都住在医院中，具体地说就是三〇一医院。我天天接触到的人就是大夫、护士等一大群白衣天使。他（她）们那种毫不利己、专门利人的风度时时在熏染着我。他们既治了我身上的病，也治了我心头的病。

但是，想把这一个光辉灿烂的群体中每一个人都一一加以叙述，是非常困难的，无已，我只能从中选出一个代表，加以叙述，以概其余。

我选的是宋守礼大夫。

一直到今天，我们中国老百姓嘴里还常听到使用“缘分”二字。他们说：“有缘千里来相会，无缘对面不相识。”“缘分”

这玩意儿看不着，摸不着；但是它确确实实存在，谁都否认不掉。我同宋大夫似乎就有缘分，不然的话，为什么首先遇见他，而不是别人呢？哲学上可能叫做“偶然性”，意思是一样的。

不管是出于什么原因，我们相遇了，我们认识了，我们好像是互相了解了。在医院里，普遍存在的关系，是大夫与病人的关系。而在我们中间，这种普遍存在的关系，好像慢慢地质变，向朋友和朋友之间的关系逐渐转变了。

我上面这一大堆话，都属于叙述的范畴。叙述是必要的，但是，过多了，则流于肤泛，非我所取。我举一个简单的例证。

我年已九十有五，在病员中也许能考取年龄状元。双腿又不良于行，只能坐轮椅。在楼中活动的时候，握轮椅的任务，玉洁和小护工当然当仁不让。出楼活动，还要转上救护车，则非她们力量所能及的。这时候，开救护车的军人司机走到车后，又约了一个小伙子，力量仍然不够。站在旁边的宋大夫并没有袖手旁观，而是毅然走上前去，献出了自己的肩膀。我的轮椅终于爬上了救护车。这是一件小事，可也算是一件大事。难道它不同毫不利己、专门利人密切联系吗？

我不是说，所有的白衣天使都毫不利己、专门利人。也不是说，白衣天使以外没有人毫不利己、专门利人。我只是想说，白衣天使们，由于职业关系，更容易接近毫不利己、专门利人而已。

白衣天使们有福了。

一方面，我们都要向白衣天使们学习。另一方面，也希望白衣天使们不要局限在目前的水平上，而是要前进，再前进，给我们提供更有影响，更有说服力的榜样。

2005 年 6 月 29 日

温馨，家庭不可或缺的气氛

大千世界，芸芸众生，除了看破红尘出家当和尚的以外，每一个人都会有一个家。一提到家，人们会不由自主地漾起一点温暖之意，一丝幸福之感。

不这样也是不可能的。不管是单职工还是双职工，白天在政府机构、学校、公司、工厂、商店等等五花八门的场所工作劳动；不管是脑力劳动，还是体力劳动，都会付出巨大的力量，应付错综复杂的局面，会见性格各异的人物，有时会弄得筋疲力尽。有道是："不如意事常八九。"哪里事事都会让你称心如意呢？到了下班以后，有如倦鸟还巢一般，带着一身疲惫，满怀喜悦，回到自己家里。这是一个真正的安身立命之处，在这里人们主要祈求的就是温馨。有父母的，向老人问寒问暖，老少都感到温馨；有子女的，同孩子谈上几句，亲子都感到温馨；夫妻说上几句悄悄话，男女都感到温馨。当是时也，白天一天操劳身心两方面的倦意，间或有心中的愤懑，工作中或竞争中偶尔的挫折，在处理事务中或人际关系中碰的一点小钉子，如此等等，都会烟消云散，代之而兴的是融融的愉悦。总之，感到的是不能用任何语言表达的温馨。

你还可以便装野服，落拓形迹。白天在外面有时不得不戴着的假面具，完全可以甩掉。有时不得不装腔作势，以求得能适应应对进退的所谓礼貌，也统统可以丢开，还你一个本来面目，圆通无碍，纯然真我。天下之乐宁有过于此者乎？所有这一切都来自家庭中真正的温馨。

但是，是不是每一个家庭都是温馨天成、唾手可得呢？不，不，决不是的。家庭中虽有夫妻关系、亲子关系、血缘关系，但是，所有这一些关系，都不能保证温馨气氛必然出现。俗话说，锅碗瓢盆都会相撞。每个人的脾气不一样，爱好不一样，习惯不一样，信念不一样，而且人是活人，喜怒哀乐，时有突变的情况，情绪也有不稳定的时候，特别是在自己的亲人面前，更容易表露出来。有时候为一点芝麻绿豆大的小事，也会意见相左，处理不得法，也能产生龃龉。天天耳鬓厮磨，谁也不敢保证这种情况不会发生。

那么，我们应当怎么办呢？就我个人来看，处理这样清官难断的家务事，说难极难，说不难也颇易。只要能做到“真”、“忍”二字，虽不中，不远矣。“真”者，真情也；“忍”者，容忍也。我归纳成了几句顺口溜：相互恩爱，相互诚恳，相互理解，相互容忍，出以真情，不杂私心，家庭和睦，其乐无垠。

有人可能不理解，我为什么把容忍强调到这样的高度。要知道，容忍是中华美德之一。我们的往圣先贤，大都教导我们要容忍。民间谚语中，也有不少容忍的内容，教人忍让。有的说法，看似消极，实有积极意义，比如“忍辱负重”，韩信就是一个有名的例子。《唐书》记载，张公艺九世同居，唐高宗问他睦族之道，公艺提笔写了一百多个“忍”字递给皇帝。从那以后，姓张的多自命为“百忍家声”。佛家也十分强调忍辱之要义，经中有很多忍辱仙人的故事。常言道：“小不忍则乱大谋。”在家庭中则是“小不忍则乱家庭”。夫妻、父母、子女之间，有时难免有不同的意见，如果一方发点小脾气，你让他（她）一下，风暴便可平息。等到他（她）心态平衡以后，自己会认错的。此时，如果你也不冷静，火冒三丈，轻则动嘴，重则动手，最终可能告到法庭，宣判离婚，岂不大可哀哉！父母兄弟姊妹之间，也有同样的情况。结果，一个好端端的家庭，会弄得分崩离析。这轻则会影响你暂时的情绪，重则影响你的生命前途。难道我这是危言耸听吗？

总之，温馨是家庭不可或缺的气氛，而温馨则是需要培养的。培养之道，不出两端，一真一忍而已。

1998 年 10 月 23 日

论朋友

人类是社会动物，一个人在社会中不可能没有朋友。任何人的一生都是一场搏斗。在这一场搏斗中，如果没有朋友，则形单影只，鲜有不失败者。如果有了朋友，则众志成城，鲜有不胜利者。

因此，在人类几千年的历史上，任何国家，任何社会，没有不重视交友之道的，而中国尤甚。在宗法伦理色彩极强的中国社会中，朋友被尊为五伦之一，曰“朋友有信”。我又记得什么书中说：“朋友，以义合者也。”“信”、“义”含义大概有相通之处。后世多以“义”字来要求朋友关系，比如《三国演义》“桃园三结义”之类就是。

《说文》对“朋”字的解释是：“凤飞，群鸟从以万数，故以为朋党字。”“凤”和“朋”大概只有轻唇音重唇音之别。对“友”的解释是“同志为友”。意思非常清楚。中国古代，肯定也有“朋友”二字连用的，比如《孟子》。《论语》“有朋自远方来，不亦说乎”却只用一个“朋”字。不知从什么时候起，“朋友”才经常连用起来。

在中国几千年的历史上，重视友谊的故事不可胜数。最著名的是管鲍之交，钟子期和伯牙的知音的故事等等，刘、关、张三结义更是有口皆碑。一直到今天，我们还讲究“哥儿们义气”，发展到最高程度，就是“为朋友两肋插刀”。只要不是结党营私，我们是非常重视交朋友的。我们认为，中国古代把朋友归入五伦是有道理的。

我们现在看一看欧洲人对友谊的看法。欧洲典籍数量虽然远远比不上中国，但是，称之为汗牛充栋也是当之无愧的。我没有能力来旁征博引，只能根据我比较熟悉的一部书来引证一些材料，这就是法国著名的《蒙田随笔》。

《蒙田随笔》上卷，第二十八章，是一篇叫做《论友谊》的随笔。其中有几句话：

> 我们喜欢交友胜过其他一切，这可能是我们本性所使然。亚里士多德说，好的立法者对友谊比对公正更关心。

寥寥几句，充分说明西方对友谊之重视。蒙田接着说：

> 自古就有四种友谊：血缘的、社交的、待客的和男

女情爱的。

这使我立即想到，中西对友谊含义的理解是不相同的。根据中国的标准，“血缘的”不属于友谊，而属于亲情。“男女情爱的”也不属于友谊，而属于爱情。对此，蒙田有长篇累牍的解释，我无法一一征引。我只举他对爱情的几句话：

爱情一旦进入友谊阶段，也就是说，进入意愿相投的阶段，它就会衰落和消逝。爱情是以身体的快感为目的，一旦享有了，就不复存在。相反，友谊越被人向往，就越被人享有，友谊只是在获得以后才会升华、增长和发展，因为它是精神上的，心灵会随之净化。

这一段话，很值得我们仔细推敲、品味。

1999 年 10 月 26 日

希望21世纪家庭更美好

家庭是组成社会的细胞，集无数细胞而成社会。家庭安则社会安；家庭不安，则社会必然动荡。这个道理明白易懂。

人类不是一开始就有家庭的，人类社会进步到某一个阶段而家庭出。在中国几千年的历史上，崇尚大家庭成风。四世同堂为一般人所艳羡，这通常指的是直系亲属。不是直系亲属而属于同一曾祖，或甚至祖父的叔伯兄弟，也往往集聚一个大家庭中。读一读《红楼梦》，这情况立即具体生动地展现在眼前。宁荣二府，以贾母为首的正头主子不过几十人，然而却楼台殿阁，千门万户，男仆如云，使女如雨，天天过着花天酒地的日子，享尽了人间荣华富贵。表面上看起来，繁荣兴盛，轰轰烈烈。然而，在内部却是钩心斗角，笑里藏刀，互相蒙骗，互相倾轧，除了宝玉一人外，大概没有人过得真正称心如意的。

《红楼梦》时代渺矣，遥矣。就在解放前，我还在济南见到一些聚族而居的大家庭。规模虽然不能像贾府那样大，但是，几个院子，几十口人，几十间房子总是有的。聚居的人，不是大爷，就是二婶，然而境遇却绝对不同。有的摆小摊，有的当县长，有的无所事事，天天鬼混。他们之间，恩恩怨怨，搅成一团。所谓“清官难断家务事”者，即此是也。

建国以来，由于社会的变化，这样的大家庭几乎全已失踪。家庭越变越小，儿女结婚后与父母同住者，也已少见。最典型的家庭是一夫一妻，再加上一个小孩。由于双职工多，生了小孩，没人照管，于是就请来男的母亲或女的母亲，住在一起，照管小孩，这样就产生了一个新名词儿“社会主义老太太”。

依我的推断，到了21世纪，这样的家庭还会继续下去。我不希望看到目前间或有的不办结婚登记手续而任意同居的家庭，这样的家庭是由“露水夫妻”组合成的，说聚就聚，说散就散，这不利于社会的安定团结。

一个人不可能没有一点缺点，也不可能不犯一点错误。只要到不了触犯刑律的程度，夫妻间就应该互相理解，互相原谅。相互理解是夫妻间最重要的行为。在热恋阶段往往看不到对方的缺点，俗话说：“情人眼中出西施。”一旦结婚，往往就会应了我们常说的两句话：“凡所难求皆绝好，及能如愿便平常。”西人说：“结婚是爱情的坟墓。”我希望，中国不要让这一句话兑现。我希望，结婚以后，爱情的温度会以另外一种形式与日俱增，而不是渐趋冰冷。

我在很多地方被别人认为是保守派，我也以保守派自居，并不是一切时髦的东西都是好的。在婚姻和家庭问题上，我也宁愿保守。我还是宣传我那一套，家庭中必须有忍让精神，夫妇相互包涵，相互容忍，天天为了一点芝麻绿豆大的小事而吵架，我不认为是好现象。

一夫一妻一个孩子的家庭，是历史演变的结果，是当前以及以后相当长的时间内形势的需要。我现在还想不出将来的家庭形式会变成什么样子，21 世纪也不会改变。我不希望，中国的社会有朝一日会改变复古，复古到没有家庭的社会，男女杂交，只知有母而不知有父。我希望，21 世纪中国的家庭会在保留这种形式的基础上，多增加一些温馨，多增加一些理解，多增加一些和谐，多增加一些幸福。

1999 年 11 月 3 日

可怕的隔膜

中国现在的大学教育有许多要改善的地方，这与大学有关的人们差不多都知道，而且专家们也都指出来过了。我在这里不能，而且也不敢来讨论这问题。我只想找出一点来谈一谈，就是同学与教员间的关系。我是一个外行人，说的当然也就是外行人的话；但这些话都是由我亲身观察得来的，刍荛之议，也许可以供专家们参考。

我觉得，现在在大学里，同学与教员很多只是职业上的关系。“职业关系”这个名词是我杜撰的，恐怕不大容易了解。我的意思是，教员的“职业”是教书，同学的“职业”是念书（我在这里把“职业”两个字用到同学身上，与报纸上常见到的那个不通又含混的名词“职业学生”无关），因了“职业”的关系，同学与教员才聚在一起，也就藉了“职业”，他们的关系才能维持下去。换句话说，倘若一方面这“职业”终止了，关系也就随着断绝。仿佛是一个大百货商店的店伙和主顾，店伙卖的是货，主顾买的也是货；只有在交易的时候，他们才有关系，一旦交易完毕，各走各的路。

但实际上知识却同货物绝不相同，它并不像西红柿土豆之类的东西，只要主顾付了钱，就可以从店伙手里拿到，用袋子装走，回家炒着吃煮着吃。知识是人类心灵经过了学习而获得的东西，其中含了无数的甘苦。学者不但要知道学习获得的结果，而且更重要的是要知道得到这样结果的过程。其中有很多的曲折，并不是三言两语可以说得清楚的。所以，只有授者与受者能常常接触，要把彼此间的隔膜完全打破，要破除一切的官样形式，要彼此都能坦白地说出自己的真正意见，知识才能传授，彼此才能都得到好处。有时候在无意间从心里说出来的极简单的话比在讲堂上的长篇大论还要能给学者以启示；但这样简单而富有启示性的话只有在打破一切形式的束缚的时候才能说得出来。

但在现在的大学里除了很少数的例外以外，同学与教员间的隔膜能说已经都打破了么？我们敢坦白地彼此说出想要说的话么？我只觉得，现在同学与教员间的隔膜愈来愈大，彼此都没了信任。有些事情，因了年龄的差别，同学与教员的看法不能一样，这是不能勉强的事情。但也有些事情，看法本来可以一样；不过中间让一座墙隔起来，两方面不但不想把这座墙推倒，反而努力加高它，结果就演变成现在这情形。在这样的情形下，知识成了石头一般的死东西。教员怎样说，学生怎样记，心里同意的时候，不能再进一步多得到一点；心里不同意的时候，也不愿意把自己的意见告诉教员，让教员知道自己不同意的地方究竟是在哪里。这些不同意抑压在心里，愈积愈多，有时候也难免要发泄一下，于是又便宜了民主墙。

我并没有责备同学的意思，我知道，一位同学是否敢向教员说他心里想说的话主要关键还在教员手里。我在大学里念书的时候，一位现在“发达”了成为南京二等要人的先生教我们英文。有一次，一位同班问了他一个问题，他大声做狮子吼：“回去查字典去！”全班在大惊之余，面面相觑，以后再没有人问他问题。他的宝座于是大稳，但同学同他之间的墙也随着高了起来。

我一直到现在还不明白，这位先生是什么心理。我想他大概觉得同学根本不配问他问题，不配同他讨论，所以他就用禅宗大师的办法断喝一声，把这“乱”“戡”了下去，以杜后患。于是天下太平，皆大欢喜，他也得以从容从教授爬到要人。

我不否认，大体上说起来，教员比同学知道的总多一点，因为他们对一门学问最少也用过很多年的功了。但学问之道无穷，愈是有学问的才愈觉得自己的学问不足，只有疯狂荒谬的人总会觉得自己已经知道了一切，具备了一切学问。即便研究一个极窄狭的问题，而且已经费了多年的时间，我们也不敢说已经知道了关于这个问题的一切，有时候也难免有疏漏的地方。一个初出茅庐的青年有时候反而能看到一位老学者看不到的地方，因为他对这门学问还没有那样许多成见，那样许多“蔽”。说到观点，我们更不能证明旧的一定就比新的好；换句话说，同学们的观点也可以给教员们许多参考和反省的机会。

那么我们现在究竟应该怎么做呢？我们非要打破这隔膜不行。要想打破这隔膜当然两方面都要努力：教员应该把同学看成朋友，同学也应该把教员看成朋友，我们要忘掉自己的年纪；我们不说，一个是在“教”，一个是在“学”。我们说，大家在共同“学”，大家共同努力探寻真理。彼此心里有什么话，要立刻当面说出来。说对了，对方可以改；说不对，自己也可以反省一下。这样的话，教员才可以在自然流露中说出他的给同学很多启示的心得。同学也可以把他用年轻灵动的眼光看到的东西告诉教员。只有这样，学习才是一种快乐，年长的和年幼的在一团和谐的空气里共同学习。

希腊哲人说：“吾爱吾师，吾尤爱真理。”我希望现在中国为人“师”的有接受同学的批评和意见的雅量，同学有向教员坦白说话的勇气。

1948 年 8 月 8 日

回到历史中去

一提到科钦，我就浮想联翩，回到悠久的中印两国友谊的历史中去。

中印两国友谊的历史，在印度，我们到处都听人谈到。人们都津津有味地谈到这一篇历史，好像觉得这是一种光荣，一种骄傲。

但是，有什么具体的事例证明这长达两千多年的友谊的历史呢？当然有的。比如唐代的中国和尚玄奘就是一个。无论在哪个集会上，几乎每一位致欢迎词的印度朋友都要提到他的名字，有时候同法显和义净一起提。听说，他的事迹已经写进了印度的小学教科书。在千千万万印度儿童的幼稚的心灵中，也有他这个中国古代高僧的影像。

但是，还有没有活的见证证明我们友谊的历史呢？也当然有的，这就是科钦。而这也就是我同另外一位中国同志冒着酷暑到南印度喀拉拉邦这个滨海城市去访问的缘由。

我原来只想到这个水城本身才是见证。然而，一下飞机，我就知道自己错了。机场门外，红旗如林，迎风招展。大概有上千的人站在那里欢迎我们这两个素昧平生的中国人。“印中友谊万岁”的口号声，此起彼伏，宛如科钦港口外大海中奔腾汹涌的波涛。一双双洋溢着火热的感情的眼睛瞅着我们，一只只温暖的手伸向我们，一个个照相机录音机对准我们，一串串五色缤纷的花环套向我们，科钦市长穿着大礼服站在欢迎群众的前面，同我们热烈握手，把两束极大的紫红色的溢着浓烈的香味的玫瑰花递到我们手中。

难道还能有比这更好的更适当的中国印度两国友谊的活的见证吗？

但这才刚刚是开始。

我们在飞行了一千多公里以后，只到旅馆里把行李稍一安排，立刻就被领到一个滨海的广场上，去参加科钦市的群众欢迎大会。这是多么动人的场面啊！还没有走到入口处，我们就已经听到人声鼎沸，鞭炮齐鸣，大人小孩，乐成一团。最使我们吃惊的是，我们在离开祖国千山万水遥远的异国，居然看到只有节日才能看到的焰火。随着一声声巨响，焰火飞向夜空，幻化出奇花异草，万紫千红。科钦地处热带，一年四季都是夏天。在大地上看到万紫千红的奇花异草，那就是“司空见惯浑闲事”。然而现在那长满了奇花异草的锦绣大地却蓦地飞上天去，谁会不感到吃惊而且狂喜呢？

就在这吃惊而且狂喜的气氛中，我们登上了大会的主席台。市长穿着大礼服坐在中间，大学校长和从邦的首府特里凡得琅赶来参加大会的部长坐在他的身旁。我们当然是坐在贵宾的位子上。大会开始了。只见万头攒动，掌声四起，估计至少也有一万人。八名幼女，穿着色彩鲜艳的衣服，手里拿着一些什么东西，迈着细碎而有节奏的步子，在主席台前缓慢地走了过去，像是一朵朵能走路的鲜花。后面紧跟着八名少女，也穿着色彩鲜艳的衣服，手里拿着烛台和灯，迈着细碎而有节奏的步子，在主席台前缓慢地走了过去，也像是一朵朵能走动的鲜花。我眼花缭乱，恍惚看到一团团大花朵跟着一团团小花朵在那里游动，耳朵里却是“时闻杂佩声珊珊”。最后跟着来的是一头大象，一个手撑遮阳伞的汉子踞坐在它的背上。大象浑身上下披挂着彩饰，黄的是金，白的是银，累累垂垂的是珊瑚珍珠，错彩镂金，辉耀夺目，五色相映，光怪陆离。它简直让人看不出是一头大象，只像是一个神奇的庞然大物，只像是一座七宝楼台，只像是一座嵚崎的山岳，在主席台前巍然地走了过去。在印度神话中，我们有时遇到天帝释出游的场面，难道那场面就是这个样子吗？在梵文史诗和其他著作中，我们常常读到描绘宫廷的篇章，难道那宫廷就是这样富丽堂皇吗？印度的大自然红绿交错，花团锦簇，难道这大象就是大自然的化身吗？我脑海里幻想云涌，联想蜂聚，一时排遣不开。但眼睛还要注视着眼前的一切情景，我真有点如入山阴道上应接不暇了。

但是，花环又献了上来，究竟有多少人多少单位送了花环，我看谁也说不清楚。我们都不懂马拉雅兰语。主席用马拉雅兰语朗读着献花单位的名称。于是，干部模样的、农民模样的、学生模样的、教员模样的，男的、女的、老的、少的，一个接一个地走到我们的桌前，往我们脖子上套花环。川流不息，至少有七八十人，或者更多一些。而花环的制作，也都匠心独运。有的长，有的短，有的粗大厚实，有的小巧玲珑；都是用各色各样的鲜花编成：白色的茉莉花和晚香玉，红色的石竹，黄色的月季，紫红色的玫瑰，还有许多不知名的花朵，都是用金线银线穿成了串，编成了团，扎成了球。我简直无法想象，印度朋友在编扎这些花环时用了多少心血，花环里面编织着多少印度人民的深情厚谊。花环套上脖子时，有时浓香扑鼻，有时感到愉快的沉重。在我心里却是思潮翻滚，感动得说不出话来。然而花环却仍然是套呀，套呀，直套到快遮住了我的眼睛，然后轻轻地拿下来，放在桌子上。又有新的花环套呀，套呀。我成了一个花人，一个花堆，一座花山，一片花海。一位印度朋友笑着对我说："今天晚上套到你们脖子上的花至少有一吨重。"我恨不得像印度神话中的大梵天那样长出四个脑袋，那样就能有四个脖子来承担这些花环，有八只手来接受这些花环。最好是能像《罗摩衍那》中的罗刹王罗波那那样长出十个脑袋，那样脖子就增加到十个，手增加到二十只。这一吨重的花环承担起来也就比较容易了。当然，这些都是幻想。实际上，我们清醒地意识到，这些花环决不是送给我们个人的，送的对象是整个的新中国，全体新中国的人民。我们获得这一份荣誉来接受它们，难道还能有比这更令人欢欣鼓舞的事情吗？

我们就怀着这样的心情，在大会结束后，欣赏了南印度的舞蹈。一直到深夜，才回到旅馆前布置得像阆苑仙境一般的草坪上，参加市长举行的、有四个部长作陪的十分丰盛的晚宴。就这样度过了一个暴风骤雨的夜晚。

我们万没有想到，在第二天，在暴风骤雨之后，又来了一个风和日丽。在极端紧张的访问活动中，主人居然给我们安排了游艇，畅游了科钦港。我们乘一叶游艇，在波平如镜的海面上，慢慢地航行；在错综复杂的渔港中，穿来穿去。我们到处都看到用木架支撑起来的渔网。主人说："本地人管它叫中国网。"我们走到长满椰林的一个小岛旁，主人问："你们看小岛上的房屋是不是像中国建筑？"

我抬眼一看，果然像中国房屋：中国式的山墙，中国式的屋顶，整整齐齐地排列在那里。我的心忽然一动，眼前恍惚看到四五百年前郑和下西洋乘坐的宝船，一艘艘停泊在那小岛旁边。穿着明代服装的中国水手上上下下，忙忙碌碌，从船上搬下成捆的中国的青花瓷器，就堆在椰子树下。欢迎中国水手的印度朋友也是熙熙攘攘地拥挤在那里。我真的回到历史中去了。但是这一刹那的幻影，稍纵即逝。我在历史中游逛了一阵，终于还是回到了游艇上。艇外风静縠纹平，渔舟正纵横。摩托声响彻了渔港，红色的椰子在浓绿丛中闪着星星般的红光。

从历史中回到了现实世界以后，又到两个报馆去参观，受到了极其热烈的欢迎。又举行了一个像兄弟话家常般的别开生面的记者招待会，匆匆赶回旅馆，收拾了一下行李，立刻到了机场，搭乘飞机，飞向班加罗尔。

人虽然已经离开了科钦，但又似乎没有完全离开。科钦的水光椰影，大会的热烈情景，印度主人的一颦一笑，宛然如在眼前，无论如何也从心头拂拭不掉。难道真能成为“明日隔山岳，世事两茫茫”吗？到了今天，我回到祖国已经半个多月了。每当黎明时分，我伏案工作的时候，偶一抬眼，瞥见那一条陈列在书架上的科钦市长赠送的象牙乌木龙舟，我的心就不由地飞了出去，飞过了千山万水，飞向那遥远西天下的水城科钦。

1978 年 4 月 17 日

中缅两国人民的传统友谊

中国和缅甸都是亚洲的国家。从地理上说，我们壤地相接；从历史上说，我们已经有了几千年的传统友谊。今天我们两国的人民又都为了保卫亚洲和平和世界和平而共同努力。现在让我们趁缅甸总理吴努访华的时候来回顾一下两国人民历史上的文化、贸易、外交各方面的关系，也许是很有意义的事情吧。

根据历史记载，至迟在汉代，中缅两国已经有了往来。《汉书》二八下“地理志下”记载着，在前汉时代，中国商船自雷州半岛开行，到的地方有都元国、邑卢没国、谌离国、夫甘都卢国、黄支国。这些国家今天究竟在什么地方，这问题当然不容易确定。但是有一部分学者认为邑卢没国、谌离国、夫甘都卢国都在缅甸。当时中国运出去的货品里有缯彩等丝织品。假如这些学者的意见可靠的话，那么公元前一二世纪时中国丝就已经运到缅甸了。张骞于汉武帝时奉使西行。在大夏国看到中国出产的邛竹杖和蜀布。他问大夏国人，这些东西是从什么地方得到的。大夏国人说："我们的商人从身毒（印度）贩运来的。"中国四川一带出产的东西从哪一条路贩运到印度去的呢？最可能的路就是通过缅甸。

中国正史正式记载中缅交通始自《后汉书》"六顺帝纪"和一一六"南蛮西南夷传"。根据《后汉书》的记载，和帝永元九年（97）掸国王雍由调派遣使臣经过几度翻译到中国来通好。安帝永宁元年（120）掸国王雍由调又派遣使臣到中国来，他带来了音乐和幻人（魔术师）。这种幻人能变化吐火，自己肢解，把脑袋换成牛头马头。又善于跳丸，一跳就上千。他们自己说是海西人。海西就是大秦。到了顺帝永建六年（131）掸国又遣使来我国。这里所说的掸国就是现在的缅甸。根据这些记载，我们可以看到，公元后一二世纪的时候，中缅来往相当频繁。中国运到缅甸去的东西是丝绸，而由缅甸传入中国的是宝石之类的东西，也就是后汉书所谓"秦国珍宝"。同时缅甸还在中国与大秦（究竟是哪一国，还有分歧的意见）的交往中起居间的作用。

缅甸不但在中国与大秦的交往中起居间作用，在中国与印度的文化交流中，缅甸也是一个重要的过道。在印度笈多王朝时代（320—647）中国有些和尚就从云南入缅甸，然后转印度。这条路一直到唐朝还是一条捷径。中国西南一带，特别是四川，是产丝的名区。左思的《蜀都赋》赞美四川出的锦说："贝锦斐成，濯色江波。”中国丝绸很早就西传了，缅甸又邻近川滇，所以中国丝织品也就传入缅甸，再由缅甸西传入印度。

到了唐代，中缅关系更加强了。虽然《新唐书》一四七下“南蛮列传”说：“衣用白氎（棉花），朝霞以蚕帛伤生，不敢衣。”但是这几句话却不可尽信，即使可靠的话，不敢穿丝帛的也仅限于一部分人。因为根据别的书的记载，这一带的女人多披罗缎。罗缎是从哪儿来的呢？当然仍是中国。缅甸的音乐舞蹈传入中国也就是在这时候。根据《新唐书》的记载，唐德宗贞元年间，骠国王雍羌遣介弟悉利移城主舒难陀到成都献其国乐。当时的西川节度使韦皋因为看到这舞容乐物都不平常，于是就画成图献给皇帝。其音有八：金贝丝竹匏革牙角。乐器很复杂，花样很多，有铃钹四，有击磕应节铁板二，有螺贝四，有凤首箜篌二，有鼍首筝二，有龙首琵琶一，有云头琵琶一，有大匏琴二，有蜀弦匏琴，有小匏琴二，有横笛二，有大匏笙二，有小匏笙二，有三面鼓二，有小鼓四，有牙角笙，有三角笙，有两角笙。曲名有十二个：佛印、赞娑罗、白鸽、白鹤游、斗羊胜、龙首独琴、唱舞、甘蔗王、孔雀王、野鹅、宴乐、涤烦，亦曰笙舞。从这样复杂的乐器上也可以看到，缅甸音乐在唐代必已达到相当高的水平。这些乐器合起来搞一个乐队，一定很有可观。无怪中国当时的伟大诗人白居易专为缅甸国王进乐这件事写了一首诗——骠国乐。骠国就是缅甸在唐时的称呼。

除了音乐以外，当时从缅甸传入中国的还有木棉，就是所谓兜罗棉，是这一带的名产。琉璃罂和宝石也输入中国。缅甸出产的宝石名色很多，最著名的有琥珀、瑟瑟等。这些宝石早就输入中国，为中国人民所喜爱。

宋代的中国史籍多称缅甸为蒲甘，因为缅王阿奴律陀自公元 1044 年起创蒲甘王朝。宋朝和蒲甘王国仍然像以前一样有外交上的往还。蒲甘国王曾于宋徽宗崇宁四年（1105）送白象和香物给大理国王段正淳。第二年更随大理国的使臣到宋朝来求经籍。宋徽宗以后一直到南宋高宗和孝宗时代，蒲甘国王与中国都保持联系。

元明清三代，中缅两国除了正常的外交和贸易关系外，曾发生过几次军事冲突。元朝的征服者，明朝的皇帝以及清朝的征服者都曾派兵进攻过缅甸。这几次作战都是违反了中国人民和邻国人民友好相处的愿望的。我们两国人民仍然照常是朋友，我们的传统友谊并不为一小撮统治者的野心所损害。

在近代，帝国主义的侵略者阻碍了我们两国人民的互相往来。19 世纪末年英国侵略者带了他们的坚船利炮利用印度作基地闯进了缅甸。从那以后，勤劳的爱好和平的缅甸人民就不得不在帝国主义血腥的统治、压迫和剥削下过生活。同时中国人民也受到帝国主义侵略者的压迫，我们两国都沦为殖民地半殖民地。

1949 年中华人民共和国的成立在中缅交谊史上是一个新的

起点。中国人民经过了一百多年的英勇斗争，终于在共产党的领导下获得了具有世界意义的伟大胜利。六亿人口的解放给东方各国受过帝国主义压迫和还受着帝国主义压迫的人民带来了无限的勇气和信心。大家都以十分关怀的心情注视着新中国的建设。中国人民同样关怀我们的老朋友们。套在我们脖子上的枷锁既然打碎了，我们就获得了最可珍贵的自由。同时缅甸人民也走上了一个新时代，有了可能来恢复和发展我们两国人民之间的传统友谊。我们阔别已久的两个老朋友又找到一起了。这是一个伟大的转折点，一个伟大的新的起点。

我们两国人民十分重视这个新的起点。1951 年 10 月仰光就成立了缅中友好协会。1951 年 12 月 9 日中华人民共和国文化代表团在访问了印度之后到缅甸去访问，受到缅甸政府和人民的热烈欢迎。1952 年 4 月缅甸文化代表团到中国来答聘，同样受到中国政府和人民的热烈欢迎。同年 10 月亚洲及太平洋区域和平会议在北京召开，缅甸派了一个包括 31 名代表的代表团来参加，团长是年高德劭在缅甸人民中有极高威望的著名的诗人和学者德钦哥都迈先生。缅甸政府也派过几次代表团来中国访问，像 1952 年 9 月以土地国有部部长德钦阵为首的缅甸土地改革参观团，1953 年 4 月以波木昂为首的缅甸政府劳动考察团，今年 9 月以德钦阵为首的贸易代表团。新中国成立后，每年五一国际劳动节都有缅甸工会的代表团来观礼。至于出席在其他国家举行的会议的缅甸代表短期留华参观的事情更是每年都有。今年4月22日签订的中缅贸易协定受到中缅两国人民的热烈欢迎。

中缅人民新的友谊还表现在其他方面。在中国解放前，我们互相翻译的书籍是极少的。近五年多以来，翻译的书就一天比一天多了起来。我们曾译过缅甸的优秀的文学作品。缅甸方面翻译了大量的新中国出版的书籍，其中包括毛主席的著作，像《新民主主义论》、《论人民民主专政》等，也有刘少奇委员长的著作，像《论国际主义与民族主义》等，还有优秀的文学作品，像鲁迅的《阿Q正传》等。此外，《中国人民政治协商会议共同纲领》、《中国人民解放军》等书也有了缅文本子。这些书都为缅甸人民所喜爱。

今年6月间，周恩来总理应缅甸政府的邀请到缅甸去访问，以及现在缅甸总理吴努应中国政府的邀请到中国来访问，都标志着中缅两国人民新友谊的新发展，对中缅两国人民来说，对亚洲和平及世界和平来说，这访问都有极大的意义。我们已经有了两千多年的友谊了，这友谊是这样古老，同时却又这样新，不但表现友谊的方式是崭新的，而且友谊的内容也是崭新的。我们两国人民像爱护自己的眼珠一样爱护这个在两千多年古老的友谊的基础上产生出来的崭新的友谊。

我自己很荣幸地在1951年参加了中华人民共和国文化代表团访问过缅甸。我们访问过缅甸首都仰光，访问过避暑胜地东枝，在明媚的燕尔湖上游览过，又访问过文化古都曼德勒。日子虽然只是短短十几天，但这十几天是在我一生中永远不能忘记的十几天。我永远不会忘记缅甸人民对我们热烈的欢迎，我永远不会忘记在中国文化艺术展览会门前排成的长达几里路的观众。缅甸人民把对新中国的无限的热爱尽量倾注到我们身上。我们虽然隔得很远，但是我们的心是挨近的。为什么他们这样热爱新中国呢？一方面当然因为他们把中国人当作老朋友，当作“抱胞”（同胞）看待，另一方面也因为他们热爱和平，热爱自由幸福的生活，而中国人也是热爱和平，热爱自由幸福的生活的。我们的利益完全一致，我们的目标完全一致。在这个一致的基础上，我们两国人民的传统友谊一定会更发扬光大。让我们为了和平，为了自由幸福的生活而共同奋斗下去吧！

1954 年 11 月

中国同孟加拉国的友谊源远流长

中国古代历史书上有很多关于天竺的记载。今天的孟加拉国所在地就是古代天竺的一部分。说明中国与天竺的关系，那可真可以说是源远流长了。在有文字的记载出现以前，就已经有了来往。比如在天文学上的二十八宿，两国古代都是知道的。又如许多神话故事，两国都有内容完全相同的。这样的故事在中国，见于屈原的《天问》以及其他的著作中。在天竺，则见于民间传说和一些古代典籍中。究竟谁影响了谁呢？现在还无法说清楚。但这并不是重要的问题。不管谁影响谁，我们从茫昧的远古以来就有往来，互相学习，这一点是肯定无疑的了。

后来，随着佛教的传入中国，两国之间的往来更加频繁了。许多天竺和尚来到中国，也有许多中国和尚到了天竺，到了今天孟加拉国所在的地方。中国晋代著名的高僧法显赴印度留学好像还没有到过东孟加拉。同时赴印度留学的其他僧人也好像都还没有到过东孟加拉。

从唐代著名的高僧玄奘（600年—664年）起，到东孟加拉去的中国和尚就多起来了。玄奘在他的名著《大唐西域记》卷十里有关于奔那伐弹那国（Puṇḍravardhana）、三摩呾国（Samatata）及以东六国和羯罗拏苏伐剌那国（Karṇasuvarṇa）的记载。这些国究竟在今天什么地方？学者们之间是有争论的。但是奔那伐弹那国、三摩呾国和羯罗拏苏伐剌那国都是在今天的孟加拉国境内，大家的意见是一致的。关于奔那伐弹那国，玄奘写道：

> 周四千余里。国大都城周三十余里。居人殷盛，池馆花林往往相间。土地卑湿，稼穑滋茂。般娑果既多且贵，其果大如冬瓜，熟则黄赤，剖之中有数十小果，大如鹤卵，又更破之，其汁黄赤，其味甘美，或在树枝，如众果之结实，或在树根，若伏苓之在土。气序调畅，风俗好学。伽蓝二十余所，僧徒三千余人，大小二乘，兼功综习。天祠百所，异道杂居，露形尼乾实繁其党。

关于三摩呾国，玄奘写道：

> 周三千余里。滨近大海，地遂卑湿。国大都城周

> 二十余里。稼穑滋植，花果繁茂。气序和，风俗顺。人性刚烈，形卑色黑。好学勤励，邪正兼信。伽蓝三十余所，僧徒二千余人，并皆遵习上座部学。天祠百所，异道杂居，露形尼乾，其徒特盛。

短短的一段话，对当时孟加拉的风土、人情、物产、果实、宗教、信仰，都做了生动具体的描绘。玄奘的记载今天成了极其珍贵的文献。玄奘本人也成为我们两国人民友谊的象征。

唐代另一个著名的高僧义净（653 年—713 年）也曾到过孟加拉。在他的《大唐西域求法高僧传》中，他提到僧哲禅师，“思慕圣，汎舶西域，既至西土，适化随缘，巡礼略周，归东印度，到三摩呾国。”可见另一个中国和尚僧哲禅师也到过孟加拉。

此外，唐朝还有很多中国和尚到过孟加拉，我们在这里不一一列举了。

孟加拉这个名字，在中国古代的史籍中，以及唐代的地理书或旅行记中，似乎还没有出现。据我所知道的，最早出现是在宋代。《宋史》四九〇（开宝八年冬）“东印度王子穰结说啰来朝贡”。宋赵汝适的《诸蕃志》卷上开始有关于孟加拉的记载：

> 西天鹏茄啰国都号茶那咭城（Janagar）。围一百二十里。

金朝兴定四年（1220年）乌古孙仲端西使也到过孟加拉。元代大德三年（1299年）奔奚里遣使来中国，带来虎、象及桫罗木船等物品。所谓“奔奚里”，指的就是孟加拉。元汪大渊的《岛夷志略》中谈到朋加剌，指的也是孟加拉。

到了明初，由于东西交通频繁起来，中国书中有关孟加拉的记载也一下子多了起来。《明史》卷三二六记载说，永乐六年（1408年）榜葛剌王霭牙恩丁遣使来朝贡方物。七年（1409年）其使凡再至，携从者二百三十余人，受到隆重的招待。自是比年入贡。十年（1412年），贡使将至，遣官宴之于镇江。使者告其王之丧，遣官往祭，封嗣子赛勿丁为王。十二年（1414年），嗣王遣使奉表来谢，贡麒麟及名马方物。十三年（1415年），遣侯显往榜葛剌。正统三年（1438年）贡麒麟。四年（1439年）又入贡。自是不复至。

在明初最著名的事件是三保太监郑和（1371年—1435年）下西洋。他曾几次到过孟加拉。随从郑和出使的人写了书。传到今天的有费信的《星槎胜览》、马欢的《瀛涯胜览》和巩珍的《西洋番国志》，这些书大概有些地方是互相抄袭的。我现在只把《瀛涯胜览》中有关孟加拉的记载抄录一段：

> 榜葛剌。地广人稠。财物丰硕。自苏门答剌国

> 海行见山。并翠蓝岛（今晏陀蛮［Andaman］及呢古巴拉［Nicobars］二群岛）西北行二千里方至地港（Chittagong）。更小舟入。五百余里至锁纳儿港（Sunurganw）。舍舟而陆。西南行三十五里站，至其国。有城郭。王宫暨大小府寺皆在城。乃回回人。风俗淳厚。男妇皆黑色。白者稀。男皆䰂发。白布缠身。圆领长衣。仍束帨，蹑皮履。王及将领冠服，用回回制。甚洁整。语言榜葛俚（Bengali）自成一家。亦有巴儿西（Parsee）语者。市用银钱，曰傥伽。重三钱。径寸二分。面有文。以此权物价重轻。亦有海曰考黎（Cowry）。婚丧皆回回教。气候常热如夏。

其余两书都差不多，我不再抄录了。汇集马欢、费信等的书而成的《西洋朝贡典录》，内容也一样，也不再抄录了。《明史》的记载，《皇明世法录》卷八一的记载，有的也从这些书取来，内容差不多，更没有抄录的必要。

在明代编辑的《华夷译语》中有《孟加拉译语》一书，是专门供给中国翻译学习孟加拉语言的。从这一件事就可以看出来，我们两国当时交往之频繁、友谊之密切了。否则，还用得着翻译教科书或翻译手册吗？

明茅元仪《武备志》卷二四〇中有郑和航海图，用地图把他从中国出发到亚非许多国家的航行路线画了出来。其中也有榜葛拉，旁边画着撒地港的地形，就是今天的吉大港（Chittagang）。

在这些交往中，有几件事情值得我们特别注意。第一，中国造纸术传入孟加拉。中国是发明造纸术的国家，这种技术传遍了全世界，其中也包括孟加拉。马欢在《瀛涯胜览》中描述孟加拉的纸说：

一样白纸，亦是树皮所造，光滑细腻，如鹿皮一般。

《西洋番国志》里说：

一等白纸，光滑细腻如鹿皮，亦有树皮所造。

《西洋朝贡典录》讲到，孟加拉“有桑皮纸”。

第二是丝和瓷器。中国也是丝的原产地。丝当然也传到了孟加拉。元汪大渊《岛夷志略》说：

（孟加拉）贸易之货用南北丝、五色绢缎、丁香、豆蔻、青白花器、白缨之属。

《瀛涯胜览》，榜葛剌国说：

货用金、银、布缎、色绢、青白花瓷器、铜钱、麝香、银珠、水银、草席、胡椒之属。

明费信《星槎胜览》的记述与《瀛涯胜览》同。《西洋朝贡典录》记榜葛剌“女子椎髻、短衫、围色布丝棉”。当时孟加拉丝织技术还不高。《瀛涯胜览》等书中说：

桑柘蚕丝皆有，止会作线缲丝嵌于中并绢，不晓成绵。

明初以后，由于种种原因，中孟两国的来往少了起来。特别是在西方殖民主义者侵入东方以来，我们的来往更受到阻碍。但是，人民的来往是什么人也阻止不住的。从中国清代的一些著作中，仍然可以找到来往的记载，清谢清高《海录》卷上就有关于孟加拉的详细记载：

明呀喇，英咭利所辖地。周围数千里。西南诸番一大都会也。在彻第缸海西岸。由彻底缸渡海，顺东南风约二日夜可到。陆路则初沿海北行，至海角转西，又南行，然后可至。为日较迟，故来往多由海道，其港口名葛支里。

除了谢清高以外，清代还有很多官员、学者和商人到过孟加拉。

从他们留下来的生动细致的记载中，可以看到，当时孟加拉的经济非常繁荣，文化水平很高，也许在当时的天竺是最高的。一直到今天，孟加拉文学，无论在印度或是在孟加拉国，水平都是最高的，其根源就在这里。

不管古代我们两国人民之间的来往和文化交流是多么频繁，不管我们对这种情况感到多么骄傲与欣慰；更重要的是我们目前的友谊与来往更加令人欢欣鼓舞。1947 年印、巴分治，东孟加拉成为巴基斯坦的一部分。我国周恩来总理于 1956 年 12 月 28 日和 1964 年 2 月 24 日两次到达卡访问，受到隆重热烈的欢迎。第一次访问达卡的时候，欢迎群众竟多达二十万人，占当时全城人口的三分之一，可见孟加拉人民对中国人民友谊之深厚。1971 年 12 月，孟加拉国成立，穆·拉赫曼当政，我们两国没有正式外交关系。但民间往来从未中断。1974 年 10 月 13 日，孟加拉国遭受水灾。中国红十字会向孟加拉灾民赠送小麦五千吨，若干针织品和毯子。1975 年 4 月 10 日，孟加拉国总统对董必武同志逝世向周恩来总理发来唁电。1975 年 5 月，在我国广交会期间，两国第一次签署了四个贸易协定。1975 年 8 月 15 日孟加拉国改换政府。8 月 31 日周总理电告孟加拉国总统，中国承认孟加拉人民共和国。9 月 1 日，艾哈迈德总统复电，欢迎中国承认，相信我们两国的关系“将得到进一步加强和巩固”。1975 年 10 月 4 日，两国外长在纽约签署联合公报，决定自即日起建立外交关系并互派大使。

从那时到现在，已经将近四年了。我们两国的友谊日益增强，往来日益频繁。1976年5月至7月，在不到两个月的时间里，孟加拉国先后派出了贸易、孟中友协、新闻和乡村发展等四个重要代表团到我国来访问。同年十一月，中国贸易代表团访问了孟加拉国。在这几年里，只是我一个人在北京大学就招待过几个孟加拉国的代表团。其中一个是宗教界代表团。由于我们的友谊基础雄厚，源远流长，所以我们总是有共同的语言，我们的感情总是很容易得到交流与共鸣。

1977年1月，齐亚·拉赫曼将军访华，受到中国政府和人民的热烈欢迎，大大地促进了两国关系的发展。同时，两国签订贸易协定和经济、技术合作协定。1978年3月，中国人民对外友协代表团访问孟加拉国，受到各界人士热烈欢迎。3月18日，李先念副总理访问孟加拉国，以齐亚·拉赫曼总统为首的孟加拉国广大官员和人民群众举国上下，隆重热烈欢迎了中国人民的使者。李先念副总理和齐亚·拉赫曼总统在讲话中总是强调我们传统的友谊，共赞中孟两国人民的友谊不断发展。

尽管我们两个国家社会制度不同，但是我们同属第三世界，我们在国内有许多相同或者相似的问题，在国外我们面临着许多共同的任务。在这风云多变的大地上，第三世界国家纷纷站起来，反抗大小霸权主义，保卫世界和平。我们的传统友谊已经有了几千年的历史，现在又添上了新的内容。我希望，而且也坚决相信，我们这十分古老的而又有了崭新的内容的友谊将会日益加强，将会开出更加灿烂绚丽的花朵。

1979 年 5 月

柬埔寨是我们的好邻邦

柬埔寨王国首相西哈努克亲王再一次应周恩来总理的邀请到中国来访问了。听了这个消息，我们大家都非常高兴。回忆两年半以前西哈努克亲王访问中国时，他是怎样受到中国政府和人民的热烈欢迎，他的访问对促进两国人民的友谊所起的作用又是怎样大；我们相信，他这一次来中国访问会受到同样热烈的欢迎，对加强两国的友谊所起的作用会同样大。

为什么我们这样热烈地欢迎来自远方的客人呢？这原因是并不难找到的。

从历史上来看，我们两国的传统友谊已经有了一千七百多年的历史。在三国时代，吴国的孙权就曾派朱应和康泰到柬埔寨去，当时柬埔寨叫做扶南。他们回国以后，把所见所闻的写成了书；朱应写的书叫做《扶南异物志》，康泰写的书叫做《吴时外国传》。虽然这些书都已经佚失，但是里面的片断却在别的书里保留下来。这个国家的造船术给了他们特别深的印象，他们很仔细地记载下来。

六朝时代，中国同扶南的往来非常频繁。两国的高僧不断往来。他们翻译了不少的佛经，扩大了两国的文化交流。中国佛教史上最著名的人物之一真谛就是从扶南到中国来的。

隋朝宫廷中有外国音乐，扶南也是其中之一。后来《新唐书》里也提到了扶南音乐。这都足以说明，扶南音乐是如何受到中国人的重视。

唐、宋、元、明几代，两国的关系一直保持，没有中断。在这期间，中国古书上的真腊就是柬埔寨。在这里特别值得提起的是13世纪的周达观。13世纪末叶，曾到过真腊。他写了一部《真腊风土记》，记载他在那里看到的东西。根据他的记载，当时的真腊人对于中国的许多产品都感到兴趣，例如真州的锡器、温州的漆器、泉州的瓷器、明州的席子等等。书里面还记载了许多真腊的风土人情。到了明朝，中国人还写了不少的有关柬埔寨的书。这些书对于了解柬埔寨古代的历史和文化有很大的用处。西哈努克亲王曾说过:“由于中国朋友的介绍，世界其他国家知道柬埔寨的文化、风俗、习惯和历史。”这是一个实事求是的评价。

在历史上既然有这样悠久的传统友谊，两国人民互相学习一些东西，也是很自然的事。柬埔寨的音乐，还有其他许多产品传入中国。中国的文学艺术以及许多产品也传入柬埔寨。现在的柬埔寨国王和王后曾对中国文化艺术代表团团长说过，柬埔寨历代国王都喜爱中国艺术而且熟悉中国著名的长篇小说《三国演义》和《西游记》。这也足以说明，两国的文化关系是怎样密切了。

但是西方的殖民主义者却阻碍了两国的往来。1863 年，法国侵略者侵占了柬埔寨。柬埔寨人民以不断的起义来回答这一批外来的压迫者。我们中柬两国人民在反对殖民主义和维护民族独立的共同斗争中，一向是互相同情互相关怀的。

1949 年，中华人民共和国成立了。同年 11 月，法国也承认了柬埔寨的独立。到了 1954 年日内瓦会议以后，法国被迫从柬埔寨撤兵。这是柬埔寨人民的一个伟大胜利。从此以后，夹在两国人民之间的绊脚石被踢开了，我们两国的政府和人民就在一千七百多年的传统友谊的基础上，发展了具有新的内容和新的意义的友谊。

在 1954 年日内瓦会议期间，中柬两国的代表团就进行了友好的接触。1955 年，在亚非国家的万隆会议上，两国又为促进国际和平的伟大事业，做了共同的努力。

最近三四年以来，我们两个国家友好往来之频繁打破了历史上的记录。1956 年 2 月，西哈努克亲王第一次访华。他在北京会见了毛主席和其他政府领导人，参观了工厂、农场、高等学校等等。2 月 18 日，和周总理共同发表联合声明，双方确定将两国的友好关系建立在互相尊重领土主权、互不侵犯、互不干涉内政、平等互利、和平共处的五项原则的基础上。这是两国友好历史上的一件大事情。

1956 年 4 月，柬埔寨王国访华经济代表团到了中国，两国签定了贸易协定和支付协定。同年 6 月，两国政府又签定了关于经济协定和实施经济援助协定的议定书。根据协定，中国在 1956 年和 1957 年内，无偿地给予柬埔寨物资和商品，共值八亿柬币，折合八百万英镑。同年 8 月，柬埔寨王国经济代表团到了北京；9 月，中国经济代表团也到了金边。

1956 年 11 月，周恩来总理访问柬埔寨。这也是增进两国友好的一件大事情。周总理对华侨讲话的时候，谆谆告诉他们，要遵守柬埔寨的法律。

1957 年国庆前夕，以帕花・黛维公主和夏卡朋王子为首的柬埔寨文化艺术代表团到了北京。他们在北京的演出受到了热烈的欢迎。同年 11 月，中国文化艺术代表团访问柬埔寨。在那里共演出 19 场，观众六万多人。还特别给柬埔寨国王和王后举行了演出。这一件事情轰动了金边，各种文字、各种倾向的报纸都热烈地赞扬中国艺术家的成功，他们说，这是“绝对的艺术，完善的艺术”。

除了以上这些代表团以外，两国的文化界、体育界以及宗教界的人士，也进行过互相访问。所有这些都大大地加强了两国人民的互相了解，增强了两国人民之间的友谊。

今年 7 月 17 日，柬埔寨内阁会议上决定承认中华人民共和国，互派大使。这在中柬两国友好往来的历史上划了一个新阶段。

正是在这时候，西哈努克亲王又到中国来访问了。中国政府和人民热烈地欢迎他，不是十分自然的吗？在上一次访问中国的时候，他曾说过："这次访问的目的是加强两国之间悠久的友好联系，协助减轻国际不信任空气和加强和平。"这一次访问前，他又说，他的访问"只有一个目的，那就是加强和发展同这些国家之间的传统的友好和团结的关系，以保卫和平与自由"。我们中国政府和人民就正是愿意跟柬埔寨政府和人民发展我们的友好关系。我们两个国家在国际事务上都是严格遵守万隆会议的精神的。尽管我们的社会制度不同，我们仍然能够很好地和平共处。通过西哈努克亲王这一次访问，我们相信，我们的友好关系将会日益加强，对保卫亚洲和世界和平，将会做出更大的贡献。

我在这里借用柬埔寨王后特意排练献给毛主席的"祝福舞"里面几句话来表达我们的心情："愿这些呈现给你们的花朵、和平与友谊联系着我们两个国家！"

1958年8月19日

《青少年文史库》序

最近几年来，我常常想到一个问题，过去很少考虑过的，这就是：在社会上的老幼关系的问题。

在过去几千年的封建社会中，有人提出了“老吾老以及人之老，幼吾幼以及人之幼”的说法，得到了广泛的赞同，成为至理名言。从表面上来看，老幼完全是对等的，完全是平等的。然而，夷考其实，情形并非如此。年幼的要围着年老的转，幼为老而生。一部《红楼梦》淋漓尽致地表现了这种情况，贾母是整个大家庭的中心，她是月亮，全府的人都是众星，众星捧月，天公地道。

到了今天，中国已经换了人间，我们生活在社会主义社会中。我们在伦理道德方面，提倡尊老爱幼。老幼依然是对等的，依然是平等的。但是，在实际上，在精神上，我们老的却围着幼的转。如果仍然拿月亮和星作比喻的话，今天的月亮是青少年，中老年人是星。我们有的人也认为这是天公地道。

为什么会出现这样的剧变呢？其中原因并不复杂。我们今天相信，在人类发展的历史长河中，希望在于未来，希望在于青少年。青少年是早晨八九点钟的太阳，等待着他们的是中天的辉煌。老年人已经尽上了自己的历史任务，接力棒要传到青少年手里去了。

我认为，如果想找封建社会与社会主义社会的区别的话，老幼关系是最显著的区别之一。其他区别当然还有，不在我的讨论之列。

上面说的主要是理论上的认识，就是所谓“知”。知很重要，但是更重要是实际行动，就是所谓“行”。“知难行亦不易”，是颇富哲理的一句话。即使不易，但仍然要行。这是古往今来所有的仁人志士的共同特点。在当今社会中，上至政府，下至各行各业，行的范围是极为广阔的。专就出版界而论，就是努力出版能体现上述精神的书籍，以老马识途的身份，帮助青少年成长，把古代传流下来的经验和教训告诉青少年，帮他们认清正确的道路，避开邪恶的道路，让他们昂首阔步地走上前去，青出于蓝，让他们胜过我们现在的中老年这两代人。人类社会总是要向前发展的，人类总会是越来越好的。不管还要经历多少千辛万苦，不管还要费上多少年，许多先进人物的理想——人类大同之域，总会出现在大地上的。

我想，我们这一套《青少年文史库》所想达到的也无非就是这个目的。

社会和睦

我虽年届耄耋，正走在人生的最后一段道路上；但是我仍然“志在千里”。我对青少年寄以极大的希望，希望青少年学一点文史知识，有利于增长见识，提高修养；更重要的是希望青少年从中华民族优秀的传统美德中汲取精华，服务现代社会。我的希望也凝结在这一套文库上。故乐之为序。

1995 年 6 月 15 日

《我爸我妈》序

宗江的女公子（这是文雅的称呼）编选了这一部《我爸我妈》，要我写一篇序。这个书名就打动了我的心，我是一个过早地失去了母亲而终身怀有风木之悲的人。因此，我乐于承担这个任务。

我先对为子女的说几句话。

我本来想引经据典，洋洋洒洒，梦笔生花，大展文才，写上一大篇的。然而，我忽然想到，这个想法十分幼稚可笑。这是难以办到的。即使韩柳复生，李杜再出，也是困难的。何况谫陋如不佞者!

苦思之余，忽然顿悟：最有效、最简短、最有感染力、最能动人心魄的办法还是：抄唐代诗人孟郊的，去年曾在香港当选为历代最佳诗篇的《游子吟》：

慈母手中线，游子身上衣。

临行密密缝，意恐迟迟归。

谁言寸草心，报得三春晖。

简单明了，明白如画。倘若加以解释，反属多余。为子女者应当认真体会其中的感情和含义。这是我对他们的希望。

我再对做父母的说几句话。

我先引唐代韩愈《师说》中的几句话：“是故弟子不必不如师，师不必贤于弟子，闻道有先后，术业有专攻，如是而已。”在这里，我不但必须说明解释，而且还要“改造”，改造韩愈的文句：“子女不必不如父母，父母不必贤于子女，时代有先后，术业有专攻，如是而已。”

我的解释是，在中国这样的伦理社会中，父母对子女的感情，有时会十分矛盾与复杂。一方面，父母都“望子成龙”，这是十分正常的希望。但在另一方面，在有意与无意之间，几千年封建伦理思想又在那里作怪，“父道尊严”的内心活动又会时时有所萌动。在今天独生子女被社会上尊为“小太子”、“小公主”的情况下，表面上父母百依百顺，我却不相信，几千年的封建思想就能够一下子坚决、彻底、干净、全部地铲除净尽的。因此，做父母的很难正确处理好与子女的关系。特别是在穷乡僻壤文化比较落后的地区，更是如此。前几年，报纸上刊登了一条消息：一个母亲由于“望子成龙”的心情过于迫切，亲手把自己的儿子打死，事后头脑一清醒，又自杀身亡，追儿子于地下。还有一条消息，说的是一个父亲，也是出于“望子成龙”的心情，把自己的儿子捆绑起来，进行毒打。儿子在奄奄一息中哀求自己的父亲说:“爸爸！以后我改了！别再打我了！”父亲置若罔闻，捆打了一夜之后，小孩子终于死去。但是小孩子这几句话真正震撼了我的灵魂，我当时痛哭失声。一直到今天，小男孩子的这几句话还时时响在我的耳边。

我修改韩愈的那几句话，无非是希望当父母的能够正确处理同子女的关系，在亲情方面能做到“父慈子孝”。在处理人生一些问题方面，能做到互相尊重，父母不倚老卖老，子女不“倚少卖少”（这是我创造的词儿，将来要申请专利的）。“时代有先后”，这是自然规律，无法抗御的。父母都应当记住这一点。

这是我对父母，其中也包括了子女的一点希望。质诸宗江，以为如何？

这就是我的序。

1998 年 6 月

知行统一

在德国

——自己的花是让别人看的

爱美大概也算是人的天性吧。宇宙间美的东西很多，花在其中占重要的地位。爱花的民族也很多，德国在其中占重要的地位。

四五十年以前我在德国留学的时候，我曾多次对德国人爱花之真切感到吃惊。家家户户都在养花。他们的花不像在中国那样，养在屋子里，他们是把花都栽种在临街窗户的外面。花朵都朝外开，在屋子里只能看到花的脊梁。我曾问过我的女房东：你这样养花是给别人看的吧！她莞尔一笑说道："正是这样！"

正是这样，也确实不错。走过任何一条街，抬头向上看，家家的窗子前都是花团锦簇，姹紫嫣红。许多窗子连接在一起，汇成了一个花的海洋，让我们看的人如入山阴道上，应接不暇。每一家都是这样，在屋子里的时候，自己的花是让别人看的。走在街上的时候，自己又看别人的花。人人为我，我为人人。我觉得这一种境界是颇耐人寻味的。

今天我又到了德国，刚一下火车，迎接我们的主人问我："你离开德国这样久，有什么变化没有？"我说："变化是有的，但是美丽并没有改变。"我说"美丽"指的东西很多，其中也包含着美丽的花。我走在街上，抬头一看，又是家家户户的窗口上都堆满了鲜花。多么奇丽的景色！多么奇特的民族！我仿佛又回到四五十年前去，我做了一个花的梦，做了一个思乡的梦。

1985 年 8 月 27 日

莫让时间再怕东方人

五六十年前，我在德国读书的时候，在一本书上读到了这样一句谚语：“所有的人都怕时间，时间独怕东方人。”这需要加一点解释。时间这玩意儿对任何人都一视同仁，“逝者如斯夫，不舍昼夜”。不管是国王，是皇帝，时间一点面子也不给留，一个劲儿地向前飞奔。“高堂明镜悲白发，朝如青丝暮成雪。”一转瞬间，人就老了，生命要划句号了。一想到这一点，谁人敢不害怕！

谚语里的“东方人”，大概指的中东一带的人，也可能包含这地区以外的人。古代一部分波斯人，当然是有钱者和有闲者，过着慢悠悠的闲散生活。“树荫下一卷诗章，一瓶葡萄美酒，一点干粮。”对时间的流逝表现出不屑一顾的大无畏的精神，因此，时间对他们毫无办法，束缚无策，只好放下被一切人都畏惧的架子，拜倒在这样的“东方人”脚下，反而怕起他们来了。

印度人毕竟是有智慧的民族。他们的古代语言梵文是同义词最多的语言。别的且不说，只说 Kala 一个词儿，含义一是“时间”，二是“死神”。他们直接把“时间”与“死亡”结合起来，显得有多么深刻，多么聪明！

中国人也毕竟是有智慧的民族。先秦时期，庄子就有“方生方死”的提法，把生与死直接联系起来，显得有多么辩证，多么真实！至于时间，古来多称作“光阴”。历代哲人贤士没有哪一个不提倡爱惜光阴的。“一寸光阴一寸金，寸金难买寸光阴”，是家喻户晓的。朱子有一首诗：“少年易老学难成，一寸光阴不可轻。未觉池塘春草梦，阶前梧叶已秋声。”讲得更明白具体，更形象生动。

倘若援用我一开头引的那两句谚语，我们也可以说，我们中国人也是害怕时间的。

但是，从目前的情况看起来，我们生活节奏太慢太慢了。浪费时间的现象普遍存在。过去“铁饭碗”时期培养了一批懒人，终日无所事事。他们只吃干粮，喝美酒，却没有什么诗章。他们对时间也表现出一种不屑一顾的大无畏神态，时间对他们也是束手无策的。如果那一个谚语指的真是中东地区的人的话，我相信，今天那里的人早已改变了态度，决不会再让时间怕他们了。我倒有点担心，今天如果时间再怕“东方人”的话，这些“东方人”恐怕要包括一些我们的同胞在内。

我真诚希望：莫让时间再怕东方人。

1998 年 1 月 10 日

公民道德建设与家庭教育

最近党中央向全国人民发出了公民道德建设规范。此事实与人民素质的提高以及文化教育的普及有密切关联，可谓顺乎天时应乎人心的重大措施，因此得到了全国广大人民群众的热烈拥护，各报章杂志论之者众矣，这是一个十分可喜的现象。

我个人认为，道德行为有大有小。大者牵涉到齐家、治国、平天下，牵涉到我们民族发展的前途。小者则显得像芝麻绿豆般的一些细小事情。大者我们必须做到，小者也决不能以其小而不为。

空口无凭，我举两个具体的事例。我所居楼前有一个大池塘，一半种植荷花，另一半则水光接天，没有任何植物。学校在塘边安装了一些椅子，供居民或外来游人休息之用。初搬来时的30年中，我因忙于行政工作，常骑自行车，来去匆匆，从来没有在椅子上坐过，不知道椅子和椅子四周的情况如何。近若干年来，在早晨读书写作疲倦之后，小蔡、杨锐和玉洁常扶我出门在塘边马路上散步，每次都会在椅子上坐坐，才发现在椅子前后左右都有许多垃圾，什么废塑料袋、破饭盒、烟头、烂纸、水果皮等等，最可恨的是瓜子皮，黑白皆有，满地都是。在这样的情况下，即使眼前湖光潋滟，风物旖旎，杨柳垂丝，新荷田田，你能坐得下去吗？没有办法，我们每次出来，必携一大塑料袋和一只竹夹子，先把地上的垃圾捡净，然后才落座。此时心情十分复杂，眼前美景赏心悦目，心内感觉厌恶忿怒。坐在椅子上吃喝，我无权反对。吃完以后，不过一举手一投足之劳，将垃圾投入垃圾箱中，毫不费事，垃圾箱就在附近，不劳远行。然而这些人却竟视若无睹，乱投一气。他们眼中只有自己，毫无他人。这是一种地地道道的自私自利的行为，是我们中华民族的一种耻辱。有时候我们看到背后专家招待所的外国专家也出来捡垃圾，我脸上真是羞得发红。

还有一件事情，就是随地吐痰。这也本来算不上是一件大事；但是，我曾读到过一篇外国人写的文章，他反对在中国举行奥运，理由之一就是中国人随地吐痰。这样它不就成为一件大事了吗？随地吐痰，毋庸讳言，在中国确是常见。它几乎成为一种“国习”了。若干年前，北京政府也曾设法整治过。办法是，谁在大街上随地吐一口痰，就罚款五角，自己还要把痰迹擦掉。据说，有一次一个人因吐痰被罚，他在地上又吐了一口，拿出一元钱交给检查人员，说道：“我索性凑个整数，免得你找钱。”这是不是一个笑话，我不敢说。总之，那一次整治并没有成功，“后遂无问津者”。

我们中华民族是一个伟大的民族，这一点谁也不敢否认。但是，有这些毛病，确也是事实。古人说：“过则勿惮改。”这些毛病是非改不行的。怎样去改呢？这些毛病都是“历史遗产”。要求一下子就改过来，是不切实际的。我认为，必须从根本抓起，从小处抓起，我在上面讲到道德行为有大有小。但是，对于大小，必须有一个辩证的看法，小恶不改，久之必酿成大恶。我们要把这些小毛病提高到人民素质的水平上来看，纳入法治的范畴。这决不是抡起大斧砍苍蝇。新加坡的成功经验可以作我们的借鉴。

另一方面，必须从家庭教育抓起，从娃娃抓起。父母先要以身作则，对小孩子讲清道理，小孩子是能够接受的。中国古代是非常重视家庭教育的，孟母三迁就是一个好例证。因此我把改正上面提到的那一些小毛病的希望寄托于家庭教育。我想我的希望是会实现的。

2001年11月31日

慈善是道德的积累

我是搞语言的，要我来讲道德，讲慈善，实在是有些惶恐。

什么是道德？这是一个大问题，可以写一本书。简单说来，道德是一种社会意识，是一种不依靠外力的特殊的行为规范。道德以善与恶、美与丑、真与伪等概念调整人与人、人与社会之间的关系。我国正处在一个大发展、大变革时期，稳定是第一位的，一定要处理好人与人、人与社会之间的关系。除了法律、行政手段的进一步强化和完善以外，道德是社会稳定发展必不可少的行为规范和调节手段。

在中国的传统道德中，伦理道德有很重要的位置，伦理就是解决人与人之间关系的，儒家讲的三纲六纪就是规定了君臣父子夫妇兄弟朋友之间关系的准则。这里有糟粕的地方，因为人与人之间应该是平等的，不应该谁是谁的纲。儒家强调要处理好人的各方面社会关系，还有许多值得批判吸收的东西。比方对父母的关系，中国人讲孝，这个孝字在英文里没有这样一个词，要用两个词才能表述这个意思。所以西方的老人晚年是十分凄凉的。中西的道德是有区别的。我举个例子，我在欧洲住的年头不少，我看小孩子打架，一个十六七岁，一个七八岁，结果小的被打倒了，哭一阵爬起来再打。要在中国就会有人讲了，大的怎么欺侮小的呢。他们那儿没人管，他们认为力量、拳头是第一位的，不管你大小，只要把别人打倒就是正当的。西方道德中也有对我们有用的。我国传统的伦理道德应批判继承，精华留下，糟粕去掉。对外国好的，也可以学习，不要排斥。

慈善是良好道德的发扬，又是道德积累的开端。孟子说：“恻隐之心，仁之端也。”一个社会的良好的道德风尚，一个人良好的道德修养，不是从天上掉下来的，要宣传教育，要舆论引导，更要实践、参与。慈善是具有广泛群众性的道德实践。慈善可以是很高的层次，无私奉献，也可以有利己的目的，比如图个好名声，或者避税，或者领导号召不得不响应；为慈善付出的可以很大也可以很少，可以是金钱也可以是时间、精神，层次很多，幅度很大。不管在什么条件下，出于什么动机，只要他参与了，他就开始了他的道德积累。所以我主张慈善不要问动机。毛泽东同志讲动机与效果的辩证统一，我的理解，效果是决定因素。“四人帮”有个特点，就是抓活思想，抓活思想就是追究动机。过去有句古话，有心为善，虽善不赏，无心为恶，虽恶不罚，这是典型的动机唯心主义。

2001 年

公 德

（一）

什么叫“公德”？查一查字典，解释是“公共道德”。这等于没有解释。继而一想，也只能这样。字典毕竟不是哲学教科书，也不是法律大全。要求它做详尽的解释，是不切实际的。

先谈事实。

我住在燕园最北部，北墙外，只隔一条马路，就是圆明园。门前有清塘一片，面积仅次于未名湖。时值初夏，湖水潋滟，波平如镜。周围垂杨环绕。柳色已由鹅黄转为嫩绿，衬上后面杨树的浓绿，浓淡分明，景色十分宜人。北大人口中称之为后湖。因为僻远，学生来者不多，所以平时显得十分清净。为了有利于居住者纳凉，学校特安上了木制长椅十几个，环湖半周。现在每天清晨和黄昏，椅子上总是坐满了人。据知情人的情报，坐者多非北大人，多来自附近的学校，甚至是外地来的游人。

这样一个人间仙境，能吸引外边的人来，我们这里的居民，谁也不会反对，有时还会窃喜。我们家住垂杨深处，却如入芝兰之室，久而不闻其香。有外来人来共同分享，焉得而不知喜呢?

然而且慢。这里不都是芝兰，还有鲍鱼。每天十点，玉洁来我家上班时，我们有时候也到湖边木椅上小坐。几乎每次都看到椅前地上，铺满了瓜子皮、烟头，还有不同颜色的垃圾。有时候竟有饭盒的残骸，里面吐满了鸡骨头和鱼刺。还有各种的水果皮，狼藉满地，看了令人头痛生厌，屁股再也坐不下去。有一次我竟看到，附近外国专家招待所的一对外国夫妇，手持塑料袋和竹夹，在椅子前面，弯腰曲背，捡地上的垃圾。我们的脸腾地一下子红了起来。看了这种情况，一个稍有公德心的中国人，谁还能无动于衷呢?我于是同玉洁约好：明天我们也带塑料袋和竹夹子来捡垃圾，企图给中国人挽回一点面子。捡这些垃圾并不容易。大件的好办，连小件的烟头也并不困难。最难捡的是瓜子皮，体积小而薄，数量多而广，吐在地上，脚一踩，就与泥土合二而一,一个个地从泥土中抠出来，真是煞费苦心。捡不多久，就腰酸腿痛，气喘吁吁了。本来是想出来纳凉的，却带一身臭汗回家。但我们心里却是高兴的，我们为我们国家做了一件小到不能再小的事情。此外，我们也有“同志”。一位邻居是新华社退休老干部。他同我们一样，对这种现象看不下去。有一次，我们看到他赤手空拳、搜捡垃圾。吾道不孤，我们更高兴了。

中华民族是伟大的民族，这一点，全世界谁也不敢否认。可是，到了今天，由于种种原因，一部分人竟然沦落到不知什么是公德，实在是给我们脸上抹黑。现在许多有识之士高呼提高人民素质，其中当然也包括道德素质。这实在是当务之急。

（二）

话题当然要从木椅谈起。木椅既是制造垃圾的场所，又是谈情说爱的胜地。是否是同一批人同时并举，没有证明，不敢乱说。

在光天化日之下，大庭广众之中，亲人们，特别是夫妇们由于某种原因接一个吻，在任何文明国家中都允许的，不以为怪的。在中国古代，是不行的，这大概属于“非礼”的范围。

可是，到了今天，中国“现代化”了。洋玩意儿不停地涌入，上述情况也流行起来。这我并不反对。不过，我们中国有一部分人，特别是青年人，一学习外国，就不但是“弟子不必不如师”，而且有出蓝之誉。要证明嘛，远在天边，近在眼前，就在燕园后湖边木椅子上。

经常能够看到，在大白天，一对或多对青年男女，坐在椅子上。最初还能规规矩矩，不久就动手动脚，互抱接吻，不是一个，而是一串。然后，一个人躺在另外一个的怀里，仍然是照吻不已。此时，路人侧目，行者咋舌，而当事人则天上天下，唯我独尊，岿然不动，旁若无人。招待所里住的外国专家们大概也会从窗后外窥，自愧不如。

汉代张敞对宣帝说："闺房之内，夫妇之私，有过于画眉者。"但那是夫妇之间暗室里的事情。现在移于光天化日之下，岂能不令人吃惊！我不是说，在白天椅子上竟做起了闺房之内的事情来。但我们在捡垃圾时确实捡到过避孕套。那可能是夜间留下的？我现在不去考证了。

燕园后湖这一片地方，比较僻静。有小山蜿蜒数百米，前傍湖水，有茂林修竹，绿草如茵。有些地方，罕见人迹。真正是幽会的好地方。傍晚时见对对男女青年，携手搂腰，迤逦走过，倩影最终消失在绿树丛中。

一天晚上，一位原图书馆学系退休的老教授来看我，他住在西校门外。如果从我家走回家，应该出门向右转，走过我上面讲的那一条倚山傍湖的小径。但他却向左转，要经过未名湖，走出西门，这要多走好多路。我怪而问之。他说，之所以不走那一条小路，怕惊动了对对的野鸳鸯。对对者，不止一对也。

故事讲完了，读者诸君以为这是"有伤风化"呢？还是"有损公德"？恐怕是二者都有吧。

（三）

改革开放以来，我国经济发展了，人民生活水平提高了，钱包鼓起来了。于是就要花钱。花钱花样繁多，旅游即其中之一。于是空前未有的旅游热兴起来了。国内的泰山、长城、黄山、张家界、九寨沟、桂林等逛厌了，于是出国，先是新、马、泰，后又扩大到欧美。大队人马出国旅游，浩浩荡荡，猗欤休哉！

我是赞成出国旅游的。这可以开阔人们的眼界，增长人们的见识，有百利而无一弊。而且，我多年来就有一个想法：西方人对中国很不了解。他们不懂“士别三日，当刮目相看”的道理，至今仍顽固抱住“欧洲中心主义”不放。这大大地不利于国际的相互了解，不利于人民之间友谊的增长。所以我就张皇“送去主义”，你不来拿，我就送去。然而送去也并不容易。现在中国人出国旅游，不正是送去的好机会吗？

然而，一部分中国游客送出去的不是中国文化，不是精华，而是糟粕。例子繁多，不胜枚举。我干脆做一次文抄公，从《参考消息》上转载的香港《亚洲周刊》上摘抄一点，以概其余。首先我必须声明一下，我不同意该刊“七宗罪”的提法。这只是不顾国格，不讲公德，还不能上纲到“罪”。这七宗是：

第一宗：脏。不讲公德，乱扔垃圾。本篇第一部分讲的就是这个问题。

第二宗：吵。在飞机上，在火车上，在餐厅中，在饭店里，大声喧哗。

第三宗：抢。不守规则，不讲秩序，干什么都要抢先。

第四宗：粗。不懂起码的礼貌，不会说：“谢谢！”“对不起。”

第五宗：俗。在大饭店吃饭时，把鞋脱掉，赤脚坐在椅子上，或盘腿而坐。

第六宗：窘。穿戴不齐，令人尴尬。穿着睡衣，在大饭店里东奔西逛。

第七宗：泼。遇到不顺心的事，不但动口骂人，而且动手打人。

以上七宗，都是极其概括的。因为，细说要占极多的篇幅。不过，我仍然要突出一“宗”，这就是随地吐痰，我戏称之为“国吐”，与“国骂”成双成对。这是中国相当大一部分人的痼疾，屡罚不改。现在也被输出国外，为中国人脸上抹黑。

处在这种情况下，我们应该怎么办呢？想改变以上几种弊端，是长期的工作，国内尚且如此，何况国外。我们决不能因噎废食，停止出国旅游。出国旅游还是要继续的。能否采取一个应急的办法：在出国前，由旅游局或旅行社组织一次短期学习，把外国习惯讲清，把应注意的事项讲清。或许能起点作用。

（四）

随地吐痰这个痼疾，过去已经有很多人注意到了。记得鲁迅在一篇杂文中，谈到旧时代中国照相，常常是一对老年夫妇，分坐茶几左右，几前置一痰桶，说明这一对夫妇胸腔里痰多。据说，美国前总统访华时，特别买了一个痰桶，带回了美国。

中国官方也不是没有注意到这个现象。很多年以前，北京市公布了一项罚款的规定：凡在大街上随地吐痰者，处以五毛钱的罚款。有一次，一个人在大街上吐痰，被检查人员发现，立刻走过来，向吐痰人索要罚款。那个人处变不惊，立刻又吐一口痰在地上，嘴里说："五毛钱找钱麻烦，我索性再吐上一口，凑足一元钱，公私两利。"这个故事真实性如何，我不是亲身经历，不敢确说，但是流传得纷纷扬扬，我宁信其有，而不信其无。

也是在很多年以前，北大动员群众，反击随地吐痰的恶习。没有听说有什么罚款。仅在学校内几条大马路上，派人检查吐痰的痕迹，查出来后，用红粉笔圈一个圆圈，以痰迹为中心。这种检查简直易如反掌，隔不远，就能画一个大红圈。结果是满地斑斓，像是一幅未来派的图画。

结果怎样呢？在北京大街上照样能够看到和听到，左右不远，有人吭、咔一声，一团浓痰飞落在人行道上，熟练得有如大匠运斤成风，北大校园内也仍然是痰迹斑驳陆离。

我们中华民族是伟大的民族，是英勇善战的民族，我们能够以弱胜强，战胜了武装到牙齿的外敌和国内反动派，对像“国吐”这样的还达不到癣疥之疾的弊端竟至于束手无策吗？

更为严重的是，最近几年来，国际旅游之风兴。“国吐”也随之传入国外。据说，我们近邻的一个国家，为外国游人制定了注意事项，都用英文写成，独有一条是用汉文：“请勿随地吐痰！”针对性极其鲜明。但却决非诬蔑。我们这一张脸往哪里摆呀！

治这样的顽症有办法没有呢？我认为，有的。新加坡的办法就值得我们参考。他们用的是严惩重罚。你要是敢在大街上吐一口痰，甚至只是丢一点垃圾，罚款之重让你多年难忘。如果在北京有人在大街上吐痰，不是罚五毛，而是罚五百元，他就决不敢再吐第二口了。但这要有两个先决条件：一是耐心的教育，不厌其烦地说明利害，苦口婆心。二是要有国家机关、法院和公安局等的有力支持，决不允许任何人耍赖。实行这个办法，必须持之以恒，而且推向全国。用不了几年的时间，“国吐”这种恶习就可以根除。这是我的希望，也是我的信念。

2002年5月28日—6月4日

同胞们说话声音放低一点

这是多么怪的问题。

但是请先冷静一下，别先进行批判。听我慢慢道来。

先举例子。事实胜于雄辩嘛。

好多年前，我在《参考消息》上读到中国一个小有名气的音乐家，是什么院长，率领一个音乐家代表团到澳大利亚去访问。当然是住在高级饭店里。不久住同一楼的外籍人士就反应，他们要搬家。因为住同一层楼的中国客人说话声音实在太高，让人无法忍受。

我在德国的时候，一对中国夫妇生的一个小女孩，大概三岁了吧。一天忽然对父母说：Ihr zankt（你们吵架）。大概父母尚保留“国习”，而女孩则由德国保姆带大，对“国习”很不习惯了。

我初到德国时，在柏林待了几个礼拜。我很少到中国饭馆去吃饭。因为此处是蒋宋孔陈冯居等要人的纨绔子弟或千金小姐会聚的地方。这批人我不敢说都不念书。但是，如果说，绝大部分不念书则是名副其实的。中国餐馆就是他们聚会之处。每到开饭时，一进门，一股乌烟瘴气，扑面而来。里面人声鼎沸，呱哒嘴的声音，仿佛是给这个大混乱敲着鼓点。这情况在国内司空见惯，不图又见于异域柏林。我在大吃一惊之余，赶快逃走，另找一个德国饭馆去吃饭。

年来多病，频频住院。按道理说，医院是最需要肃静的地方。然而在住的医院中，男大夫们往往说话声音极高，护士们是女孩子，说话轻声细语。

我个人认为，说话是传递思想必要的工具。说话声音高到只要让对方（聋子除外）听懂就行了，不必要求每个人都是帕瓦罗蒂。

指责中国人民陋习的文章，古今中外，所在都有。有的是真正的陋习，如随地吐痰。有的也出于偏见。但是，不管有多少陋习，也无法掩去中华民族之伟大。可是，话又说了回来，有陋习，改掉之，不更能显出我们民族的伟大吗?

陋习的种类极多极多。不过把说话声音高也算作陋习，过去却没有见过。有之自不佞始。

2003 年 6 月 14 日

关于人的素质的几点思考*

一、我们当前所面临的形势

谈问题必须从实际出发，这几乎成了一个常识。谈人的素质又何能例外？

在这方面，我们，包括大陆和台湾，甚至全世界，我们所面临的形势怎样呢？我觉得，法鼓人文社会学院的“通告”中说得简洁而又中肯：

> 识者每以今日的社会潜伏下列诸问题为忧：即功利气息弥漫，只知夺取而缺乏奉献和服务的精神；大家对社会关怀不够，环境日益恶化；一般人虽受相当教育，但缺乏

---

* 本篇为作者在台北法鼓人文社会学院召开的“人文关怀与社会实践系列——人的素质学术研究会”上的讲话。

判断是非善恶的能力；科技教育与人文教育未能整合，阻碍教育整体发展，亦且影响学生健全人格的养成。

这些话都切中时弊。

在这里，我想补充上几句。

我们眼前正处在20世纪的世纪末和千纪末中。“世纪”和“千纪”都是人为地创造出来的；但是，一旦创造出来，它似乎就对人类活动产生了影响。19世纪的世纪末可以为鉴，当前的这一个世纪末，也不例外。在政治、经济等方面所发生的巨大变化，有目共睹。我特别想指出环境保护等方面的令人触目惊心的情况。这些都与西方科学技术的发展密切相联。

西方自产业革命以后，科技飞速发展。生产力解放之后，远迈前古。结果给全体人类带来了极大的意想不到的福利。这一点是无论如何也否认不掉的。但是同时也带来了同样是想不到的弊端或者危害，比如空气污染、海河污染、生态平衡破坏、一些动植物灭种、环境污染、臭氧层出洞、人口爆炸、淡水资源匮乏、新疾病产生，如此等等，不一而足。这些灾害中任何一项如果避免不了，祛除不掉，则人类生存前途就会受到威胁。所以，现在全世界有识之士以及一些政府，都大声疾呼，注意环保工作。这实在值得我们钦佩。

英国浪漫主义诗人雪莱（Shelley）以诗人的惊人的敏感，在19世纪初叶，正当西方工业发展如火如荼地上升的时候，在他所著的于1821年出版的《诗辨》中，就预见到它能产生的恶果，他不幸而言中，他还为这种恶果开出了解救的药方：诗与想象力，再加上一个爱。这也实在值得我们佩服。

眼前的这一个世纪末，实在是人类历史上一个空前的大动荡大转轨的时代。在这样的时机中，我们平常所说的“代沟”空前地既深且广。老少两代人之间的隔阂十分严峻。有人把现在年轻的一代人称为“新人类”，据说日本也有这个词儿，这个词儿意味深长。

二、人的天性或本能

我们就处在这样的环境条件下来探讨人的天性的一些想法。

两千多年以来，中国哲学史上始终有一个争论不休的问题：性善与性恶。孟子主性善，荀子主性恶，这是众所周知的事实。两说各有拥护者和反对者，中立派就主张性无善无恶说。我个人的看法接近此说，但又不完全相同。如果让我摆脱骑墙派的立场，说出真心话的话，我赞成性恶说，然则根据何在呢？

由于行当不对头——我重点搞的是古代佛教历史、中亚古代语文、佛教史、中印和中外文化交流史等……我对生理学和心理学所知甚微。根据我多年的观察与思考，我觉得，造物主或天或大自然，一方面赋予人和一切生物（动植物都在内）以极强烈的生存欲，另一方面又赋予它们极强烈的发展扩张欲。

一棵小草能在砖石重压之下，以惊人的毅力，钻出头来，真令我惊叹不置。一尾鱼能产上百上千的卵，如果每一个卵都能长成鱼，则湖海有朝一日会被鱼填满。植物无灵，但有能，它想尽办法，让自己的种子传播出去。类似的例子，举不胜举。但是，与此同时，造物主又制造某些动植物的天敌，大鱼吃小鱼，小鱼吃虾米，猫吃老鼠，等等，等等。总之是，一方面让你生存发展，一方面又遏止你生存发展，以此来保持物种平衡、人和动植物的平衡。这是造物主给生物开玩笑。老子说：“天地不仁，以万物为刍狗。”意思与此差为相近。如此说来，荀子的性恶说能说没有根据吗？荀子说：“人之性恶，其善者伪也。”“伪”字在这里有“人为”的意思，不全是“假”。总之，这说法比孟子性善说更能说得过去。

三、道德问题

写到这里，我认为可以谈道德问题了。道德讲善恶，讲好坏，讲是非，等等。那么，什么是善，是好，是是非呢？根据我上面的说法，我们可以说：自己生存，也让别的人或动植物生存，这就是善。只考虑自己生存不考虑别人生存，这就是恶。《三国演义》中说曹操有言：“宁教我负天下人，休教天下人负我。”这是典型的恶。只要能做到既考虑自己也考虑别人，这一个人就算及格了，考虑别人的百分比愈高，则这个人的道德水平也就愈高。

只有人类这个“万物之灵”才能做到既为自己考虑，也能考虑到别人的利益。一切动植物是绝对做不到的，它们根本没有思维能力。它们没有自律，只有他律，而这他律就来自大自然或者造物主。人类能够自律，但也必须辅之以他律。康德所谓“消极义务”，多来自他律。他讲的“积极义务”，则多来自自律。他律的内容很多，比如社会舆论、道德教条等等都是。而最明显的则是公安局、检察机构、法院。

写到这里，我想把话题扯远一点，才能把我想说的问题说明白。

人生于世，必须处理好三个关系：一、人与大自然的关系，那也称之为“天人关系”；二、人与人的关系，也就是社会关系；三、人自己的关系，也就是个人思想感情矛盾与平衡的问题。这三个关系处理好，人就幸福愉快；否则就痛苦。

在处理第一个关系时，也就是天人关系时，东西方，至少在指导思想方向上截然不同。西方主“征服自然”（to conquer the nature），《天演论》的“物竞天择，适者生存”，即由此而出。但是天或大自然是能够报复的，能够惩罚的。你“征服”得过了头，它就报复。比如砍伐森林，砍光了森林，气候就受影响，洪水就泛滥。世界各地都有例可证。今年大陆的水灾，根本原因也在这里。这只是一个小例子，其余可依此类推。学术大师钱穆先生一生最后一篇文章《中国文化对人类未来可有的贡献》，讲的就是“天人合一”的问题，我冒昧地在钱老文章的基础上写了两篇补充的文章，我复印了几份，呈献给大家，以求得教正。

“天人合一”是中国哲学史上一个重要命题，解释纷纭，莫衷一是。钱老说：“我曾说‘天人合一’论，是中国文化对人类最大的贡献。”我的补充明确地说，“天人合一”就是人与大自然要合一，要和平共处，不要讲征服与被征服。西方近二百年以来，对大自然征服不已，西方人以“天之骄子”自居，骄横不可一世，结果就产生了我在上文第一章里补充的那一些弊端或灾害。钱宾四先生文章中讲的“天”似乎重点是“天命”，我的“新解”，“天”是指的大自然。这种人与大自然要和谐相处的思想，不仅仅是中国思想的特征，也是东方各国思想的特征。这是东西文化思想分道扬镳的地方。在中国，表现这种思想最明确的无过于宋代大儒张载，他在《西铭》中说：“民，吾同胞；物，吾与也。”“物”指的是天地万物。佛教思想中也有“天人合一”的因素，韩国吴亨根教授曾明确地指出这一点来。佛教基本教规之一的“五戒”中就有戒杀生一条，同中国“物与”思想一脉相通。

四、修养与实践问题

我体会，圣严法师之所以不惜人力和物力召开这样一个规模宏大的会议，大陆暨香港地区以及台湾的许多著名的学者专家之所以不远千里来此集会，决不会是让我们坐而论道的。道不能不论，不论则意见不一致，指导不明确，因此不论是不行的。但是，如果只限于论，则空谈无补于实际，没有多大意义。况且，圣严法师为法鼓人文社会学院明定宗旨是“提升人的品质，建设人间净土”。这次会议的宗旨恐怕也是如此。所以，我们在议论之际，也必须想出一些具体的办法。这样会议才能算是成功的。

我在本文第一章中已经讲到过，我们中国和全世界所面临的形势是十分严峻的。钱穆先生也说：“近百年来，世界人类文化所宗，可说全在欧洲。最近50年，欧洲文化近于衰落，此下不能再为世界人类文化向往之宗主。所以可说，最近乃人类文化之衰落期。此下世界文化又将何所向往？这是今天我们人类最值得重视的现实问题。”可谓慨乎言之矣。

我就是在面临这样严峻的情况下提出了修养和实践问题的，也可以称之为思想与行动的关系，二者并不完全一样。

所谓修养，主要是指思想问题、认识问题、自律问题，他律有时候也是难以避免的。在大陆，帮助别人认识问题，叫做“做思想工作”。一个人遇到疑难，主要靠自己来解决，首先在思想上解决了，然后才能见诸行动，别人的点醒有时候也起作用。佛教禅宗主张“顿悟”。觉悟当然主要靠自己，但是别人的帮助有时也起作用。禅师的一声断喝，一记猛掌，一句狗屎橛，也能起振聋发聩的作用。宋代理学家有一个克制私欲的办法。清尹铭绶《学见举隅》中引朱子的话说：

> 前辈有俗澄治思虑者，于坐处置两器，每起一善念，则投白豆一粒于器中；每起一恶念，则投黑豆一粒于器中。初时黑豆多，白豆少，后来随不复有黑豆，最后则验白豆亦无之矣。然此只是个死法，若更加以读书穷理的工夫，那去那般不正作当底思虑，何难之有？

这个方法实际上是受了佛经的影响。《贤愚经》卷十三，（六七）优波提品第六十讲到一个“系念”的办法：

> 以白黑石子，用当等于筹算。善念下白，恶念下黑。优波提奉受其教，善恶之念，辄投石子。初黑偶多，白者甚少。渐渐修习，白黑正等。系念不止。更无黑石，纯有白者。善念已盛，逮得初果。（《大正新修大藏经》，第四卷，页四四二下）

这与朱子说法几乎完全一样，区别只在豆与石耳。

这个做法究竟有多大用处？我们且不去谈。两个地方都讲善念、恶念。什么叫善？什么叫恶？中印两国的理解恐怕很不一样。中国的宋儒不外孔孟那些教导，印度则是佛教教义。我自己对善恶的看法，上面已经谈过。要系念，我认为，不外是放纵本性与遏制本性的斗争而已。为什么要遏制本性？目的是既让自己活，也让别人活。因为如果不这样做的话，则社会必然乱了套，就像现代大城市里必然有红绿灯一样，车往马来，必然要有法律和伦理教条。宇宙间，任何东西，包括人与动植物，都不允许有“绝对自由”。为了宇宙正常运转，为了人类社会正常活动，不得不尔也。对动植物来讲，它们不会思考，不能自律，只能他律。人为万物之灵，是能思考、能明辨是非的动物，能自律，但也必济之以他律。朱子说，这个系念的办法是个“死法”，光靠它是不行的，还必须读书穷理，才能去掉那些不正当的思虑。读书当然是有益的，但却不能只限于孔孟之书；穷理也是好的，但标准不能只限于孔孟之道。特别是在今天，在一个新世纪即将来临之际，眼光更要放远。

眼光怎样放远呢？首先要看到当前西方科技所造成的弊端，人类生存前途已处在危机中。世人昏昏，我必昭昭。我们必须力矫西方“征服自然”之弊，大力宣扬东方“天人合一”的思想，年轻人更应如此。

以上主要讲的是修养。光修养还是很不够的，还必须实践，也就是行动，最好能有一个信仰，宗教也好，什么主义也好；但必须虔诚、真挚。这里存不得半点虚假成分。我们不妨先从康德的“消极义务”做起：不污染环境、不污染空气、不污染河湖、不胡乱杀生、不破坏生态平衡、不砍伐森林，还有很多“不”。这些“消极义务”能产生积极影响。这样一来，个人的修养与实践、他人的教导与劝说，再加上公、检、法的制约，本文第一章所讲的那一些弊害庶几可以避免或减少，圣严法师所提出的希望庶几能够实现，我们同处于“人间净土”中。“挽狂澜于既倒”，事在人为。

1999 年 3 月 29 日

中国的民族性

我一向认为，世界上不同的民族都有不同的民族性。那么，我们中华民族怎样呢？我们中华民族当然不能例外。

中华民族是一个伟大的民族，勤劳、勇敢、智慧，对人类作出了巨大的贡献。这是谁也否认不掉的。我自以生为中国人为荣，生为中国人自傲。如果真正有轮回转生的话，我愿生生世世为中国人。

但是——一个很大的“但是”，环视我们四周，当前的社会风气，不能说都是尽如人意的。有的人争名于朝，争利于市，急功近利，浮躁不安，只问目的，不择手段。大抢大劫，时有发生；小偷小摸，所在皆是。即以宴会一项而论，政府三令五申，禁止浪费；但是令不行，禁不止，哪一个宴会不浪费呢？贿赂虽不能说公行，但变相的花样却繁多隐秘。我很少出门上街；但是，只要出去一次，必然会遇到吵架斗殴的。在公共汽车上，谁碰谁一下，谁踩谁一脚，这是难以避免的事，只须说上一句:“对不起!”就可以化干戈为玉帛;然而,“对不起!”“谢谢!”这样的词儿,我们大多数人都不会说了,必须在报纸上大力提倡。所有这一切,同我国轰轰烈烈、红红火火的伟大建设工作,都十分矛盾,十分不协调。同我们伟大民族的光荣历史,更是非常不相称。难道说我们这个伟大民族“撞”着什么“客”了吗?

鲁迅先生是最热爱中华民族的,他毕生用他那一支不值几文钱的“金不换”剖析中国的民族性,鞭辟入里,切中肯綮,对自己也决不放过。当你被他刺中要害时,在出了一身冷汗之余,你决不会恨他,而是更加爱他。可是他的努力有什么结果呢?到了今天,已经“换了人间”,而鲁迅点出的那一点缺点,不但一点也没有收敛,反而有增强之势。

有人说,这是改革开放大潮社会转轨之所致。我看,恐怕不是这个样子。前几年,我偶尔为写《糖史》搜集资料读到了一本 19 世纪中国驻日本使馆官员写的书,里面讲到这样一件事。这一位新到日本的官员说:他来日本已经数月,在街上没有看到一起吵架的。一位老官员莞尔而笑,说:我来日本已经四年,也从来没有看到一起吵架的。我读了以后,不禁感慨万端。不过,我要补充一句:日本人彬彬有礼,不吵架,这十分值得我们学习。对广大日本人民来说,这是完全正确的。但是对日本那一小撮军国主义侵略分子来说,他们野蛮残暴,嗜血成性,则完全是另一码事了。

不管怎样，中国民族性中这一些缺点，不自改革开放始，也不自建国始，更不自鲁迅时代始，恐怕是古已有之的了。我们素称礼义之邦，素讲伦理道德，素宣扬以夏变夷；然而，其结果却不能不令人失望而且迷惑不解。难道我们真要“礼失而求诸野”吗？这是我们每一个中国人所面临的而又必须认真反省的问题。

1998 年 7 月 16 日

不自作聪明

天下有没有傻瓜？有的，但却不是被别人称作“傻瓜”的人，而是认为别人是傻瓜的人，这样的人自己才是天下最大的傻瓜。

我先把我的结论提到前面明确地摆出来，然后再条分缕析地加以论证。这有点违反胡适之先生的“科学方法”。他认为，这样做是西方古希腊亚里士多德首倡的演绎法，是不科学的。科学的做法是他和他老师杜威的归纳法，先不立公理或者结论，而是根据事实，用“小心的求证”的办法，去搜求证据，然后才提出结论。

我在这里实际上并没有违反“归纳法”。我是经过了几十年的观察与体会，阅尽了芸芸众生的种种相，去粗取精，去伪存真以后，才提出了这样的结论。为了凸显它的重要性，所以提到前面来说。

闲言少叙，书归正传。有一些人往往以为自己最聪明，他们争名于朝，争利于市，锱铢必较，斤两必争。如果用正面手段，表面上的手段达不到目的的话，则也会用些负面的手段，暗藏的手段，来蒙骗别人，以达到损人利己的目的。结果怎样呢？结果是：有的人真能暂时得逞，“春风得意马蹄疾，一日看遍长安花”。大大地辉煌了一阵，然后被人识破，由座上客一变而为阶下囚。有的人当时就能丢人现眼。《红楼梦》中有两句话说：“机关算尽太聪明，反误了卿卿性命。”这话真说得又生动，又真实。我决不是说，世界上人人都是这样子，但是，从中国到外国，从古代到现代，这样的例子还算少吗？

原因何在？原因就在于：这些人都把别人当成了傻瓜。

我们中国有几句尽人皆知的俗话：“善有善报，恶有恶报；不是不报，时候未到；时候一到，一切皆报。”这真是见道之言。把别人当傻瓜的人，归根结底，会自食其果。古代的统治者对这个道理似懂非懂。他们高叫：“民可使由之，不可使知之。”是想把老百姓当傻瓜，但又很不放心，于是派人到民间去采风，采来了不少政治讽刺歌谣。杨震是聪明人，对向他行贿者讲出了“四知”。他知道得很清楚：除了天知、地知、你知、我知之外，不久就会有一个第五知：人知。他是不把别人当作傻瓜的，还是老百姓最聪明。他们中的聪明人说：“若要人不知，除非己莫为。”他们不把别人当傻瓜。

可惜把别人当傻瓜的现象，自古亦然，于今犹烈。救之之道只有一条：不自作聪明，不把别人当傻瓜，从而自己也就不是傻瓜。哪一个时代，哪一个社会，只要能做到这一步，全社会就都是聪明人，没有傻瓜，全社会也就会安定团结。

1997 年 3 月 11 日

毁　誉

好誉而恶毁，人之常情，无可非议。

古代豁达之人倡导把毁誉置之度外。我则另持异说，我主张把毁誉置之度内。置之度外，可能表示一个人心胸开阔；但是，我有点担心，这有可能表示一个人的糊涂或颟顸。

我主张对毁誉要加以细致的分析。首先要分清：谁毁你？谁誉你？在什么时候？在什么地方？由于什么原因？这些情况弄不清楚，只谈毁誉，至少是有点模糊。

我记得在什么笔记上读到过一个故事。一个人最心爱的人，只有一只眼。于是他就觉得天下人（一只眼者除外）都多长了一只眼。这样毁誉能靠得住吗？

还有我们常常讲什么“党同伐异”，又讲什么“臭味相投”等等。这样的毁誉能相信吗？

孔门贤人子路“闻过则喜”，古今传为美谈。我根本做不到，而且也不想做到，因为我要分析：是谁说的？在什么时候，在什么地点，因为什么而说的？分析完了以后，再定“则喜”，或是“则怒”。喜，我不会过头。怒，我也不会火冒十丈，怒发冲冠。孔子说：“野哉，也！”大概子路是一个粗线条的人物，心里没有像我上面说的那些弯弯绕。

我自己有一个颇为不寻常的经验。我根本不知道世界上有某一位学者，过去对于他的存在，我一点都不知道；然而，他却同我结了怨。因为，我现在所占有的位置，他认为本来是应该属于他的，是我这个“鸠”把他这个“鹊”的“巢”给占据了。因此，勃然对我心怀不满。我被蒙在鼓里，很久很久，最后才有人透了点风给我。我知道，天下竟有这种事，只能一笑置之。不这样又能怎样呢？我想向他道歉，挖空心思，也找不出丝毫理由。

大千世界，芸芸众生，由于各人禀赋不同，遗传基因不同，生活环境不同；所以各人的人生观、世界观、价值观、好恶观等等，都不会一样，都会有点差别。比如吃饭，有人爱吃辣，有人爱吃咸，有人爱吃酸，如此等等。又比如穿衣，有人爱红，有人爱绿，有人爱黑，如此等等。在这种情况下，最好是各人自是其是，而不必非人之非。俗语说：“各扫自家门前雪，不管他人瓦上霜。”这话本来有点贬义，我们可以正用。每个人都会有友，也会有“非友”，我不用“敌”这个词儿，避免误会。友，难免有誉；非友，难免有毁。碰到这种情况，最好抱上面所说的分析的态度，切不要笼而统之，一锅糊涂粥。

好多年来，我曾有过一个“良好”的愿望：我对每个人都好，也希望每个人对我都好。只望有誉，不能有毁。最近我恍然大悟，那是根本不可能的。如果真有一个人，人人都说他好，这个人很可能是一个极端圆滑的人，圆滑到琉璃球又能长上脚的程度。

1997 年 6 月 23 日

牵就与适应

牵就，也作“迁就”。“牵就”和“适应”，是我们说话和行文时常用的两个词儿，含义颇有些类似之处；但是，一仔细琢磨，二者间实有差别，而且是原则性的差别。

根据词典的解释，《现代汉语词典》注“牵就”为“迁就”和“牵强附会”。注“迁就”为“将就别人”，举的例是：“坚持原则，不能迁就。”注“将就”为“勉强适应不很满意的事物或环境”。举的例子是“衣服稍微小一点，你将就着穿吧！”注“适应”为“适合（客观条件或需要）”。举的例子是“适应环境”。“迁就”这个词儿，古书上也有，《辞源》注为“舍此取彼，委曲求合”。

我说，二者含义有类似之处，《现代汉语词典》注“将就”一词时就使用了“适应”一词。

词典的解释，虽然头绪颇有点乱，但是，归纳起来，“牵就（迁就）”和“适应”这两个词儿的含义还是清楚的。“牵就”

的宾语往往是不很令人愉快、令人满意的事情。在平常的情况下，这种事情本来是不能或者不想去做的。极而言之，有些事情甚至是违反原则的，违反做人的道德的，当然完全是不能去做的。但是，迫于自己无法掌握的形势，或者出于利己的私心，或者由于其他的什么原因，非做不行，有时候甚至昧着自己的良心，自己也会感到痛苦的。

根据我个人的语感，我觉得，“牵就”的根本含义就是这样，词典上并没有说清楚。

但是，又是根据我个人的语感，我觉得，“适应”同“牵就”是不相同的。我们每一个人都会经常使用“适应”这个词儿的。不过在大多数的情况下，我们都是习而不察。我手边有一本沈从文先生的《花花朵朵　坛坛罐罐》，汪曾祺先生的《代序：沈从文转业之谜》中有一段话说：“一切终得变，沈先生是竭力想适应这种‘变’的。”这种“变”，指的是解放。沈先生写信给人说：“对于过去种种，得决心放弃，从新起始来学习。这个新的起始，并不一定即能配合当前需要，惟必能把握住一个进步原则来肯定，来完成，来促进。”沈从文先生这个“适应”，是以“进步原则”来适应新社会的。这个“适应”是困难的，但是正确的。我们很多人在解放初期都有类似的经验。

再拿来同“牵就”一比较，两个词儿的不同之处立即可见。“适应”的宾语，同“牵就”不一样，它是好的事物，进步的事物；即使开始时有点困难，也必能心悦诚服地予以克服。在我们的一生中，我们会经常不断地遇到必须“适应”的事物，“适应”成功，我们就有了“进步”。

简截说：我们须“适应”，但不能“牵就”。

1998年2月4日

谦虚与虚伪

在伦理道德的范畴中，谦虚一向被认为是美德，应该扬。而虚伪则一向被认为是恶习，应该抑。

然而，究其实际，两者间有时并非泾渭分明，其区别间不容发。谦虚稍一过头，就会成为虚伪。我想，每个人都会有这种体会的。

在世界文明古国中，中国是提倡谦虚最早的国家。在中国最古的经典之一的《尚书・大禹谟》中就已经有了“满招损，谦受益，时（是）乃天道”这样的教导，把自满与谦虚提高到“天道”的水平，可谓高矣。从那以后，历代的圣贤无不张皇谦虚，贬抑自满。一直到今天，我们常用的词汇中仍然有一大批与“谦”字有联系的词儿，比如“谦卑”、“谦恭”、“谦和”、“谦谦君子”、“谦让”、“谦顺”、“谦虚”、“谦逊”等等，可见“谦”字之深入人心，久而愈彰。

我认为，我们应当提倡真诚的谦虚，而避免虚伪的谦虚，后者与虚伪间不容发矣。

可是在这里我们就遇到了一个拦路虎：什么叫“真诚的谦虚”呢？什么又叫“虚伪的谦虚”？两者之间并非泾渭分明，简直可以说是因人而异，因地而异，因时而异，掌握一个正确的分寸难于上青天。

最突出的是因地而异，“地”指的首先是东方和西方。在东方，比如说中国和日本，提到自己的文章或著作，必须说是“拙作”或“拙文”。在西方各国语言中是找不到相当的词儿的，尤有甚者，甚至可能产生误会。中国人请客，发请柬必须说“洁治菲酌”，不了解东方习惯的西方人就会满腹疑团：为什么单单用“不丰盛的宴席”来请客呢？日本人送人礼品，往往写上“粗品”二字，西方人又会问：为什么不用“精品”来送人呢？在西方，对老师，对朋友，必须说真话，会多少，就说多少。如果你说，这个只会一点点儿，那个只会一星星儿，他们就会信以为真，在东方则不会。这有时会很危险的。至于吹牛之流，则为东西方同样所不齿，不在话下。

可是怎样掌握这个分寸呢？我认为，在这里，真诚是第一标准。虚怀若谷，如果是真诚的话，它会促你永远学习，永远进步。有的人永远“自我感觉良好”，这种人往往不能进步。康有为是一个著名的例子。他自称，年届而立，天下学问无不掌握。结果说康有为是一个革新家则可，说他是一个学问家则不可。较之乾嘉诸大师，甚至清末民初诸大师，包括他的弟子梁启超在内，他在学术上是没有建树的。

总之，谦虚是美德，但必须掌握分寸，注意东西。在东方谦虚涵盖的范围广，不能施之于西方，此不可不注意者。然而，不管东方或西方，必须出之以真诚，有意的过分的谦虚就等于虚伪。

1998 年 10 月 3 日

我对未来教育的几点希望

教育为立国之本，这是中国两千多年来的历代王朝都执行的根本大法。在封建社会，帝王的所作所为，无一不是为了巩固统治，教育亦然。然而，动机与效果往往不能完全统一。不管他们的动机如何，效果却是为我们国家培养了一批批人才，使我国优秀文化传承几千年而未中断。

今天，时移世迁，已经换了人间。教育为立国之本的思想，深入人心。我们政府提出了科教兴国的方针，受到了全国人民的热烈拥护。把教育的重要性提高到兴国的高度，可以说前承千年传统，后开万世太平。特别是在今天知识经济正在勃然兴起的大时代中，教育更有其独特的意义。知识经济以智力开发、知识创新为第一要素，不大力振兴教育，焉能达到这个宏伟的目标？但是，我要讲一句实话，我们的振兴教育，谈论多于行动。别的例子先不举，只举一个教育经费在国民总收入中所占的百分比之低，就很清楚了。我们教育所占的百分比，不但低于发达国家，在发展中国家中也是比较低的。这让很多人难以理解。我们国家正在努力建设，用钱的地方很多，这一点谁都理解，没有人想苛求；但是，既然把教育的重要性提高到那样的高度，教育经费却又不提高，报纸上再三辩解，实难令人信服。现在，据我了解所及，全国各类学校经费来源十分庞杂，贫富不均的程度颇为严重。大学的党委书记和校长，主要任务是“找钱”，连系主任的主要任务也是“创收”。如果创收不力或不利，奖金发不出去，全系教员就很难团结好。学校的根本任务是教学和科研，是出人才，出成果。现在却舍本而逐末，这样办教育，欲求兴国，盖亦难矣。因此，我对未来教育的第一个希望就是切切实实地增加教育经费。

我的第二个希望是重视大、中、小学生的人文素质教育和伦理道德教育。现在我们中华民族的一般道德水平，实不能尽如人意。年轻的学生在这个大气候下，思想水平也不够高。他们对世界，对人生的看法，在像我这样的思想保守的老顽固眼中，有时实在难以理解。现在，全世界正处在一个巨大转变中，每个人都会受到影响的，特别是青年人，他们敏感易变，受的影响更大。日本据说有一个新名词“新人类”，可见青老代沟之深。中国也差不多。我在中外大学里待了一辈子；可是对眼前中国大学生的思想、情感等等，却越来越感到陌生。他们的一些想法和做法，有时候让我目瞪口呆。在我眼中，有些青年人也仿佛成了“新人类”了。

救之之法，除了教育以外，实在也难想出别的花招。根据我的了解，现在大学里的思想教育课，很难说是成功的。一上政治课，师生两苦，教员讲起来乏味，学生听起来无味。长此以往，不知伊于胡底！

我个人认为，抓学生思想教育，应该从小学抓起。回想我当年上小学时，有两门课很感兴趣，一门叫做公民或者修身，一门叫做乡土。后一门专讲本地的山川、人物、风土、人情。近在眼前，学生听起来有趣又愿听。讲爱国从爱乡开始，是一个好办法。

至于公民这一门课，则讲的都是极简单的处世做人的道理，比如热爱祖国，孝顺父母，尊敬老师，和睦同学；讲真话，不说谎话；干好事，不做坏事；讲公德，不能自私；帮助别人，不坑害别人；要谦虚，不能骄傲，等等，等等，都是些平常的伦理规范。听说现在教小学生也先讲唯心与唯物，存在与意识，物质与精神，小学生莫名其妙，只能硬背。这能收到什么效果呢？显而易见，什么好效果也是收不到的。到了中学和大学，依然是这一套，结果就是我在上面说到的师生两难。现在全国都在谈要重视学生的素质教育，足见这个问题已经引起了广泛的注意。这无疑是一个好现象。但是，我总觉得，空谈无补于实际，当务之急是采取适当的行动，才能走出目前的困境。

我对未来教育的希望，当然不止这两点。但限于目前的时间，我只能先提出这两点来，供有关人士，特别是政府主管教育的部门参考，一得之愚，也许还有可取之处吧。

1999 年 2 月 21 日

坏　人

积将近九十年的经验，我深知世界上确实是有坏人的。乍看上去，这个看法的智商只能达到小学一年级的水平。这就等于说“每个人都必须吃饭”那样既真实又平庸。

可是事实上我顿悟到这个真理，是经过了长时间的观察与思考的。

我从来就不是性善说的信徒，毋宁说我是倾向性恶说的。古书上说“天命之谓性”，“性”就是我们现常说的“本能”，而一切生物的本能是力求生存和发展，这难免引起生物之间的矛盾，性善又何从谈起呢？

那么，什么又叫做“坏人”呢，记得鲁迅曾说过，干损人利己的事还可以理解，损人又不利己的事千万干不得。我现在利用鲁迅的话来给坏人作一个界定：干损人利己的事是坏人，而干损人又不利己的事，则是坏人之尤者。

空口无凭，不妨略举两例。一个人搬到新房子里，照例大事装修，而装修的方式又极野蛮，结果把水管凿破，水往外流。住在楼下的人当然首蒙其害，水滴不止，连半壁墙都浸透了。然而此人却不闻不问，本单位派人来修，又拒绝入门。倘若墙壁倒塌，楼下的人当然会受害，他自己焉能安全！这是典型的损人又不利己的例子。又有一位“学者”，对某一种语言连字母都不认识，却偏冒充专家，不但在国内蒙混过关，在国外也招摇撞骗。有识之士皆嗤之以鼻。这又是一个典型的损人而不利己的例子。

根据我的观察，坏人，同一切有毒的动植物一样，是并不知道自己是坏人的，是毒物的。鲁迅翻译的《小约翰》里讲到一个有毒的蘑菇听人说它有毒，它说，这是人话。毒蘑菇和一切苍蝇、蚊子、臭虫等等，都不认为自己有毒。说它们有毒，它们大概也会认为这是人话。可是被群众公推为坏人的人，他们难道能说：说他们是坏人的都是人话吗？如果这是“人话”的话，那么他们自己又是什么呢？

根据我的观察，我还发现，坏人是不会改好的。这有点像形而上学了。但是，我却没有办法。天下哪里会有不变的事物呢？哪里会有不变的人呢？我观察的几个“坏人”偏偏不变。几十年前是这样，今天还是这样。我想给他们辩护都找不出词儿来。有时候，我简直怀疑，天地间是否有一种叫做“坏人基因”的东西？可惜没有一个生物学家或生理学家提出过这种理论。我自己既非生物学家，又非生理学家，只能凭空臆断。我但愿有一个坏人改变一下，改恶从善，堵住了我的嘴。

1999 年 7 月 24 日